不可知論偵探

Agnosticism Detective

貳

〔惡人正機篇 上〕

薛西斯——編劇
鸚鵡洲——作畫

不可知論偵探

Agnosticism Detective

目次

※本故事純屬虛構，與實際人物、團體、事件無關。

人物介紹

海鱗子

有偵探的腦力與觀察力，不會畫符的道士。
據小光所言，最初躺在棺木中被抬進南明派。
（是南明派第六代弟子）
飼養電子寵物鸚鵡，偶爾想當個手遊廢人。
最近收到一筆鉅款。

惡靈

跟在海鱗子身邊，謎一般的惡靈。

吳雙（小吳）

派出所小警察，善良又負責任的濫好人。
不知道自己 LIME 被海鱗子封鎖。
有個優秀的同業哥哥。

陳慈光（小光）

天星子的徒弟與甥孫，商學院畢業的道士。
要叫海鱗子一聲師叔，算半個兒時玩伴。
（小時候一起偷過別人家的西瓜）

天星子

海鱗子的大師兄，南明派目前當家。
自家問題人物多，常為此煩惱。
偷偷期盼海鱗子多來看自己。

〔惡人正機篇㊤〕

第壹回

呼
呼
呼
賤人！
別跑！
把東西
交出來！
噠噠噠——

噠韃——
喀
哐噹！！
嗚！
喂——！
痛……

逮到妳了！
嘖……！
嘘。
妳……

不用怕，
我去趕走他。
喀噠！

所以說，
是幽靈救了她一命呀！
吳雙，警察不會真的相信這一套吧？
當然也不想相信啊！
但學長他們做幾十年了，都說沒看過這麼怪的現場。

不過幽靈本尊竟然是和服美少女，真意外。
意外？
之前引發的不都是一些很兇殘的事件嗎？
記得有割頸的、墜樓的、燒死的啦…
我們還有同業去那裡作法，回來差點崩潰的。
結果意外的反差萌啊！
講這種話會遭天譴啦！
啊哈哈哈
你們在說哪裡的幽靈？
！
原來你還活著啊？

這裡是我家吧！
海鱗子老師！
我們在說獅吼大樓！
西門町那個有名的靈異景點呀！
那裡以前聽說是刑場還什麼。
發生過好幾起超陰的事件！
最陰大樓！
西門町獅吼大樓「電梯殺人
駭人命案！
西門町獅吼大樓
怎樣？
師叔你有接過那邊的工作嗎？
那裡才沒有幽靈，
不但沒有…

簡直乾淨到噁心。
！
可是……
上週那裡發生一件怪事……
六號那一天，
獅吼大樓抓到一個小偷，

當天中午店家準備開業時發現門被撬開，
一個女人縮在櫃檯下面，見到店主就承認自己是進來偷錢的。
店主就把她押到附近派出所報案了。
她的皮包裡只搜出昨日店家入帳的六千元，其他手機、證件…什麼都沒有。
1000
聽起來就是竊案吧？
但有很多奇怪的地方！
首先，小偷穿著不方便行動，
而且相當清涼，比較像要去酒店，
目前警方推測是附近的風俗業者。

是附近的流鶯？
我記得西門町那裡賣春盛行……
為什麼你這麼了解……
大概也不是啦！
打斷
小偷是年輕的臺灣小姐，
西門町大多是外籍打工
前輩說很像是高級酒店的應召女郎。
高級應召女郎會缺錢到去那裡偷東西嗎？
不知道，她什麼都不說，連身分都還查不到。
所以這到底跟幽靈有什麼關係？
我還沒說完。

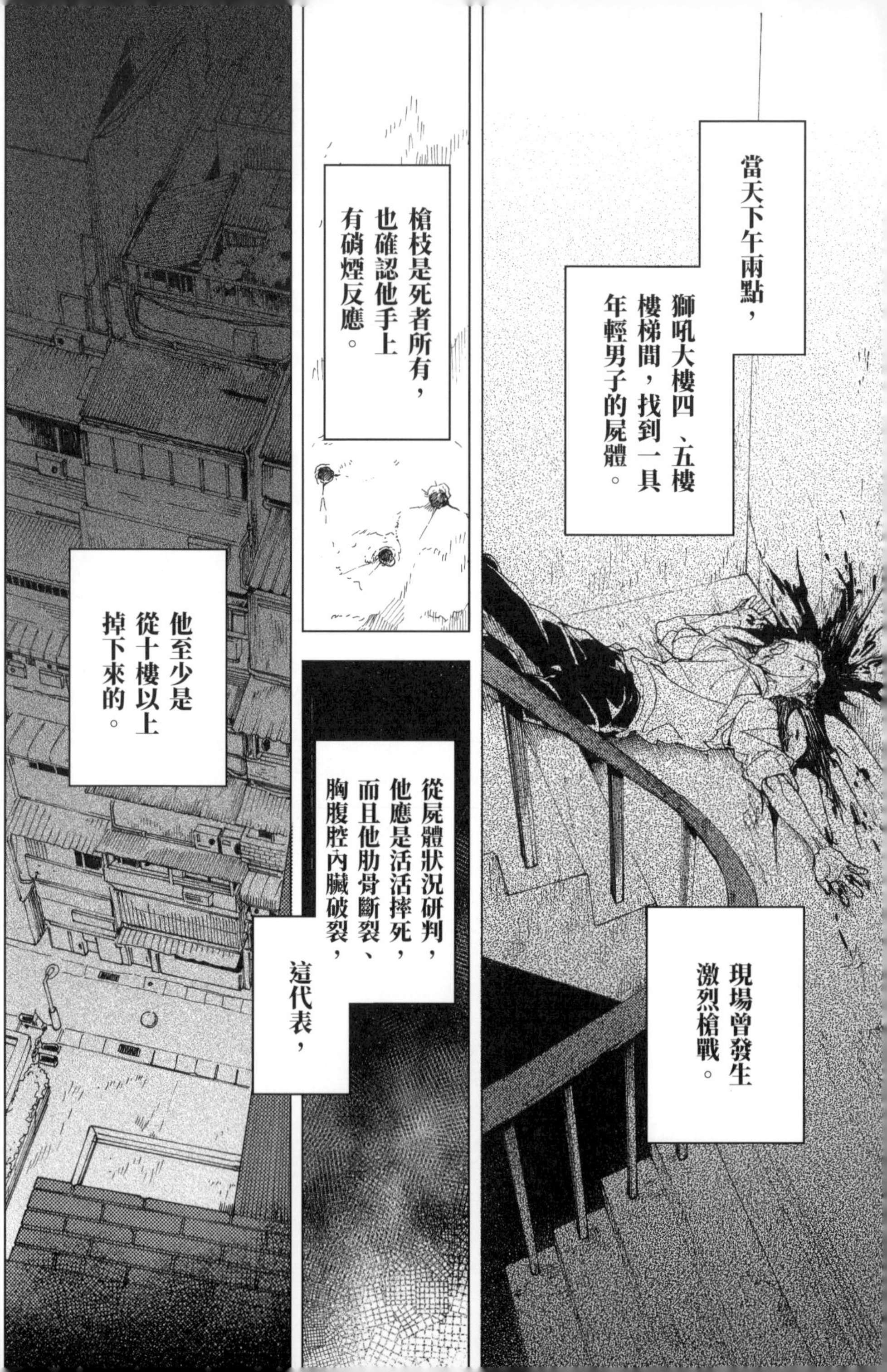
當天下午兩點，
獅吼大樓四、五樓樓梯間，找到一具年輕男子的屍體。
現場曾發生激烈槍戰。
槍枝是死者所有，也確認他手上有硝煙反應。
從屍體狀況研判，他應是活活摔死，而且他肋骨斷裂、胸腹腔內臟破裂，
這代表，
他至少是從十樓以上掉下來的。

……
那是怎樣？
他是追殺某人跑到十樓，
結果被反推下去，還剛好摔回四樓嗎？
10F
4F
3F
2F
1F
他手上有槍耶？
也不能排除是自己摔下去啦。
總之，
當天晚上，最後接觸到死者的恐怕就是剛剛說的那個女人。
男人死亡時間在當晚凌晨一點半左右，
01:30

當時商場應該只有他們兩人，
警方初步調閱監視器，
約一點二十分左右，二、三樓商場間，
拍到死者追逐那名女性的影像。
雖然監視器斷斷續續，但大致可看出兩人激烈衝突。
她已經被收押了，看過監視器畫面才終於開口。
說自己當天凌晨一點從安全門潛入商場，本來只是想偷點錢花用，
誰知那男的忽然出現攻擊她，她還以為遇到瘋子或變態，
就拚命往樓下跑，
逃到二樓的時候，
忽然有一間店門打開，有個女孩將她拉進店裡，

那女孩穿著華麗的紅和服，
陰森蒼白得不像人類。
這就是我們說的幽靈啦！
為什麼說她是幽靈？
紅和服說自己會把那男的趕跑，
然後就出去了，
她探頭往外看，結果看到——
對面玻璃櫥窗上，
紅和服完全沒留下半點倒影啊……

我保證是她看錯了。
但警方調了二樓全部監視器，完全沒拍到這個紅和服。
那就是她瞎掰？
可是我聽說死者的指甲裡，確實發現紅色的衣料纖維。
先不講這個了……知道死者身分了嗎？
師叔不要轉移話題。

就是他，
黃明仁
湊近
這是什麼？牛郎店的傳單嗎？
你才去牛郎店啦！
還敢笑老師！
這些人是通緝犯嗎？
不是，只是市刑大在盯梢。
這些人是同一個暴力集團的成員。

這集團涉及販毒，但一直抓不到。
滑
這個黃明仁綽號「刺蝟」，一堆傷害前科，
警方一直在找他，沒想到會死在這種地方。
哇…很難想像那女的殺得了他耶。
是啊……
也不能排除有共犯的可能吧？
…嗯？
是的，正在調查樓上的住戶，還有當天出入大樓的人。
師叔。

發生什麼事了？
你平常沒這麼熱心喔？
摔死一個流氓、抓到一個小偷。
我最近——
確實收到一起和獅吼大樓有關的除靈委託。
還不足以引起你的興趣吧？

唉呦，剛剛不是還說沒幽靈嗎？
這個委託在我看來很不尋常，所以我也很苦惱。
那拒絕就好了嘛。
坐起
不，我恐怕無法拒絕。
為什麼？

對方已經匯了[redacted]元進我戶頭當訂金。
就算我拒絕委託，這筆錢也歸我，
但如果我接下，事成會再付我[redacted]元。
我果然還是該向國家檢舉你吧？
我到底為什麼要當警察……
不過委託內容哪裡不尋常了？
一定是要你除靈順便走私海洛因吧。
對方要我——

「解除東本願寺的咒力」。
那是什麼…？
東本願寺是一座日本寺廟，曾經燒毀又重建，
好像還改建成了印度風格
是獅吼大樓在日治時代的前身。

至於咒力…我也不懂，
畢竟我沒受過符籙訓練。
我只能猜，獅吼大樓會那麼「乾淨」，或許就跟這個「咒力」有關。
連那是什麼東西都不確定，
你要怎麼解除它？
委託人有給我指示。
…委託人也懂行？
還懂到能指揮你？

他說只要我除掉獅吼大樓內「最後一位亡靈」，
自然就能解除「咒力」了。
這──
先說我不知道為什麼喔。
唉──
但不管委託人的指示多明確，
我都辦不到，
因為剛才我就說過了──

獅吼大樓裡，
根本就沒有幽靈啊！

一八九五年，
日軍接收臺灣。
日本佛教
八大宗派也隨軍
前來布教。
其中東本願
寺派，又稱
真宗大谷派。
在今西門町
獅吼大樓一帶
建立寺院。
「淨土真宗
大谷派臺北別院」
在木造寺院
遭祝融之災後，
於一九三六年重建。
二戰結束後，
中華民國政府
來臺。

東本願寺由警備司令部保安處接收。
日後出售給民間財團，
拆除原寺，改建為商業大樓。

不可知論偵探
Agnosticism Detective
手機
{惡人正機篇} 第貳回

委託人要您解除東本願寺的咒力……
但咒力是什麼啊？
【監視器施工公告】
一樓部分區域
將加裝監視器
施工日期：
106年2月8日（一）
9:00~16:00
施工範圍：
1樓B、E區
嗯……
你可以想像成是一種能量場吧！
能…量場？
或者像少年漫畫說的「結界」？
結界！
這樣說我就懂了！
大部分廟宇周圍都有這種能量。

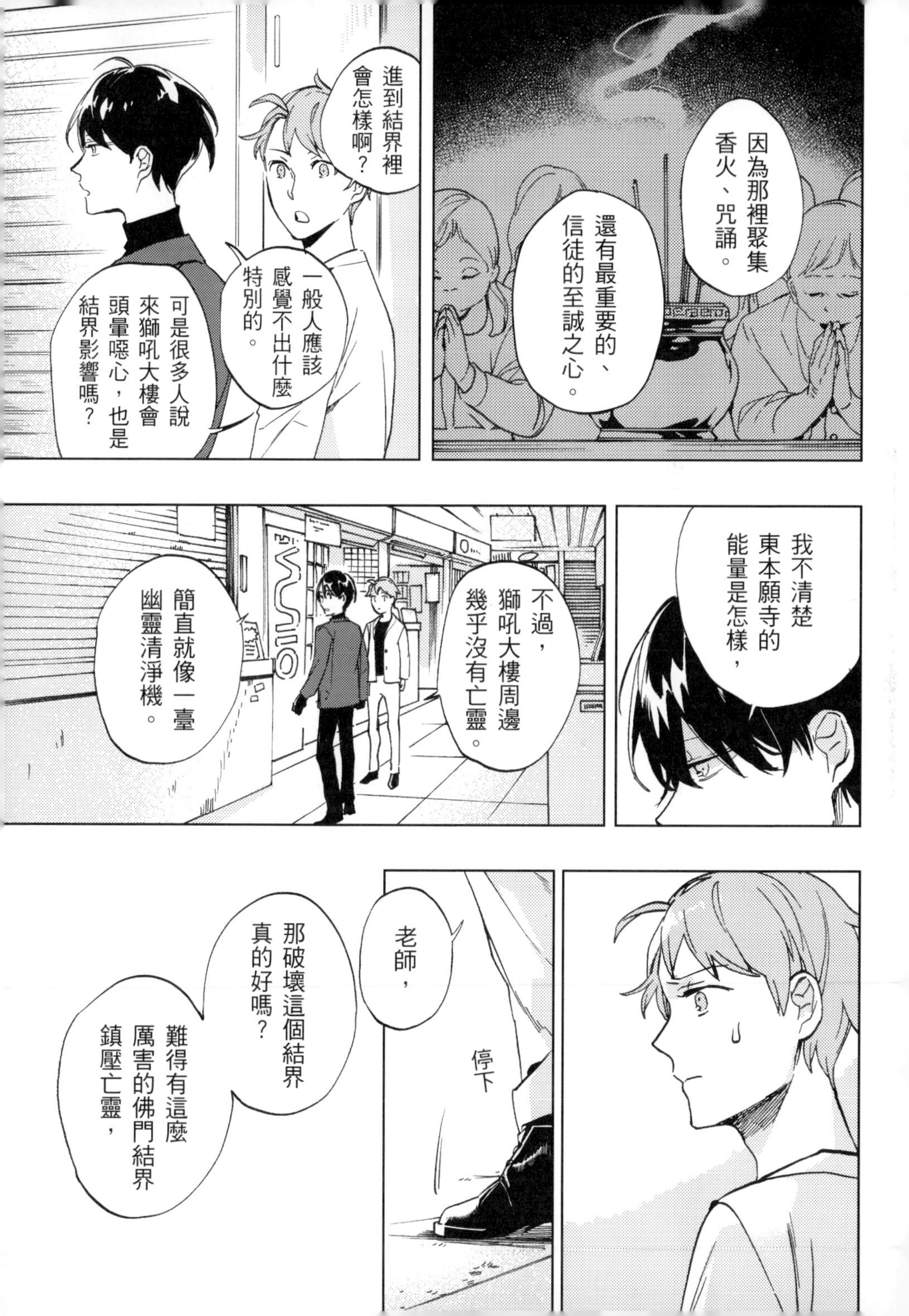
因為那裡聚集香火、咒誦。
還有最重要的、信徒的至誠之心。
進到結界裡會怎樣啊？
一般人應該感覺不出什麼特別的。
可是很多人說來獅吼大樓會頭暈噁心，也是結界影響嗎？
我不清楚東本願寺的能量是怎樣，
不過，獅吼大樓周邊幾乎沒有亡靈。
簡直就像一臺幽靈清淨機。
停下
老師，
那破壞這個結界真的好嗎？
難得有這麼厲害的佛門結界鎮壓亡靈，

萬一被破壞，西門町會不會群魔亂舞，
大家統統變喪屍……
這該不會是敵國的委託，
想來破壞我們的靈脈吧！
你漫畫是看太多喔……
再說，
你覺得鎮壓就一定是好事嗎？
？
啊…
這裡的力量太霸道了。
鬼魂不敢輕易靠近，
所以統統往別區跑了。

個人量身訂製
芳美禮服設計室
芳美
小偷就是在這間店被逮的吧？
走吧。
為什麼我們每次都要搞得像拍間諜片一樣？
…啊！
還不是那小偷拒絕所有會面，
我只能來這裡找線索了啊。
等等！進去要說什麼啦！
我會假裝是來打聽租金的商家。
你們有什麼事？
您好，

我們是京和禮服，
專做手工婚紗的。
最近想來這邊展店，先來附近打聽情況。
你來這種鳥不生蛋的地方展店？
現在很多年輕人喜歡復古啊。
只是聽說這裡小偷猖獗，
最近還發生命案……
好可怕說……
說到小偷我要氣死！
這是…？
光天化日進我店裡偷錢，
都當旁邊死人？

對啦！保全是跟死人沒兩樣啦——
從店裡看出去無法看到對面的玻璃……
奇怪…她是在哪裡見到幽靈的？
偷我們幹什麼？怎麼不去偷一樓手機行？
一樓也被偷過嗎？
畢竟手機高單價，滿常發生竊盜案的。
他們已經被偷兩次了，還自己出錢加裝新監視器。
【監視器施工公告
一樓部分區域
將加裝監視器
啊！有看到公告……
對啊，還提早幾天來裝，剛好就出事那天。
可惜都裝在一樓，好像沒拍到命案的凶手。
那個喔……本來就拍不到啦。

你們要來獅吼大樓，難道不知道這裡會鬧鬼喔？
是⋯有聽過啦⋯⋯
所以那些就是⋯⋯
我們初一十五都會拜，但祂最近真的是不太高興啦。
不高興？
哇⋯這麼兇！
上個月有一個跳樓的，
上上個月有一個在自己房間燒死。
但我聽說命案是黑道火拼？

怎麼可能？
如果你看過那個人怎麼死的，
就知道那不可能是人幹的啦！
……
等等……為什麼是我？
好啦快去！
呃……怎麼了嗎？

你、
你們……
你們不要以為穿西裝又長得帥我就不知道你們是寫腥羶色報導的三流媒體狗仔！
唔!?

所以你們沒有要寫腥羶色報導喔？
失落
也算是來打聽八卦的，畢竟想在這開店嘛！
勸是不要喔，這裡生意爛斃了。
你們會找工讀生嗎？時薪好嗎？
我可以打三份工！
今天狗仔只是來問八卦而已啦。
是說，這裡到底是鬧怎樣的鬼啊？

聽說是被刑求的白色恐怖政治犯，滿身鮮血……
聽說是個邊敲木魚邊哭的日本老和尚。
只有我什麼都沒聽過嗎！
哎呀，都是都市傳說啦！
可是這半年真的好多怪事喔。
連樓上黑道都捲進來…
樓上是黑道嗎？
是在說樓上的電子遊樂場吧？
之前被抓到賭博停業了。

誒？
靠近
靠近
帥哥，你好了解喔！
你真的是開婚紗店的嗎？
帥、帥哥…
那我們上去看看好了。
最好不要喔。
那裡有很多怪怪的人。
沒問題沒問題沒問題！

這傢伙是武鬥派喔！
有事嗎？

推
！
加油喔！
咦！
好過分！
我、我是警察，不可以害怕他們！
我、我們要去吃、
玉獅大酒樓啦！
……
去搭外面的電梯啦。

謝謝大哥
你這樣還有資格自稱警察嗎！
老師還不是不敢動！
算了，反正那裡應該也跟案情無關。
你只是想逃避吧！
穿個制服，就以為自己真的是警察喔？
這我管的大樓，我還不能巡喔！
不要抽啦，失火怎麼辦！
沒你的事啦！

一個混混
這麼囂張…
啊你們
在這幹麼？
玉、玉獅大酒樓！
那個搭外面
電梯啦。

哇，你們平常還會來巡視啊，讓人很安心耶。
沒有啦！分內工作啦！
也是最近發生很多不好的事啊。
來吃玉獅樓，啊你們是沒有看新聞喔？
咦？
前幾天這裡死人了啊！
誒——
我看喔……
就是那些黑道在亂搞啦。
但我聽說是鬧鬼耶？
什麼鬧鬼！鬼會開槍嗎？
樓梯間那裡開了幾百槍啊！

那天晚上是阿伯你值班嗎？
值班？這棟大樓就我一個保全啦！
那你應該有聽到槍聲囉？
嗶嗶！嗶嗶！
嗶嗶！嗶嗶！
槍聲喔……
那時候火警鈴叫得很大聲，
可能被蓋住了啦！
火警鈴？
對啊！
大概一點半的時候，大樓火警響不停。
我看是二樓的警報，就趕快過去看看情況，
但是二樓沒出什麼事啊，我就按掉警鈴回警衛室了。

真的沒有什麼不對勁的地方嗎？
死人娃娃
有啦！一堆死人娃娃盯著你很不對勁啦！
晚上關燈還看得到娃娃嗎？
有些店不會關燈啊。
……
90
老師，差不多該去現場了。
封鎖線應該已經撤掉了
走吧。
往這邊。

安全門
3F
2F
雖然死者陳屍四樓樓梯間，
多數彈孔痕跡也集中在那邊。
不過死者在二樓就先開了一槍。
可能是追那女的時候開的
綜合目前所有的證據與證詞，
一點二十監視器拍到小偷被死者追。
一點二十分後，小偷供稱紅和服幽靈把她藏在芳美禮服，說要去趕走死者。
一點三十分火警響起，掩蓋了死者的槍聲。
之後，死者被發現陳屍在四、五樓之間。

警衛沒聽到槍聲，表示那一槍是在火警鈴響後開的。
當時那女的已經躲起來了，不可能跑去按火警鈴。
唯一的可能是——現場還有第三個人。
你真的相信紅和服是幽靈嗎？
小偷從紅和服沒有在玻璃窗留下倒影這點，認為是幽靈救了她，
可是從芳美禮服店裡看出去，別說倒影了，連片玻璃都沒有。
5F
4F
海鱗子老師，
幽靈到底存不存在，您自己看會比較快。

死者所持的貝瑞塔手槍，是單排式彈匣，
共有十發子彈。
扣掉他在二樓開的那一槍，
他在這裡射光了剩下的九發子彈。
這麼近的距離、這麼密集的射擊，
但現場一滴血都沒發現，
我們真的很難想像⋯
他到底⋯

是在對什麼東西開槍？

為什麼……為什麼——
我再也看不見他了……
是我將他的「形」封住了。
所謂陽化氣，陰成形，「形」正是他強大力量的展現。
但反過來，只要無法在你面前現形，他就不能傷害你。
你還想見他嗎？

也是冤孽⋯
我沒有消滅他。
只是將他的形體封在這裡。

太好了……
你還在！

不可知論偵探
Agnosticism Detective
〔惡人正機篇〕第參回

那是別人廟裡的事，我們南明派不管這個！
他在外面做的事我不知道！

替我跟他說，
他要是敢做出
讓我們丟臉的事——
我會負起責任，
清理門戶。
喀搭
師兄，
那是…
海鱗子啊，
怎麼想到
來廟裡啊？

想起之前師父跟我說過的事……
鬼可以在一般人面前現形嗎？
你能見鬼，是一個特例。
我就從沒見過鬼啊
鬼要在一般人面前現形，一定要有非常強大的力量。
一種是厲鬼……
如果是厲鬼，我不可能完全沒感覺吧？
可能是被鎮厲的法術封住了。
另一種情況就是——

大廟裡的神明本尊。
你也從沒見過吧？
……
我知道你不認為那是「神明」。
但祂們在廟裡受奉香火，受信徒念願包圍度過千年百歲。
不能就單純看作一尊「大鬼」。
一座廟存在那裡，本身就好像我們的符咒，那就是神明的領地，
祂若不要你見祂，你也見不到。
……
東本願寺也是神明的領地嗎？
日本廟啊……我實在也不懂。
日本廟？

你們在說獅吼大樓嗎？
哎呀，果然很在意嘛！
還來問我師父
獅吼大樓附近的廟好像都很頭疼呢。
為什麼？
鬼不敢靠近獅吼大樓，就全跑他們那裡去了。
分食香火、引起騷動…
不過我們一向也不介入人家廟裡的事。
附近的廟啊…

哇！看起來最倒楣的就這兩間了。
那幾個還是大廟呢！多少扛得住。
小一點的真是很頭大了。
啊…善導寺。
雖然不是東本願寺那一派，我記得好像也算同宗同脈。
佛門的事我不懂，不然你去問問他們。
Exit Information
善導寺 SHANAO TEMPLE
二號出口…
6 善導寺 Shandao Temple

你剛剛和我師父在講什麼啊？
我只聽到一點，現形什麼的。
那不就是從頭聽到尾了。
大人說話小孩不敢插嘴嘛。
你有見過鬼嗎？
當然沒有，我又不是你——
既然你從沒見過，
為什麼相信我能見鬼？

……你今天是吃了炸藥嗎？
想起討厭的回憶了。
其實我一直很想問，
你見到的鬼到底是長什麼樣？
跟活人一模一樣。

我也可以碰到他們。
不要突然亂摸人啦！
我十幾歲的時候，
會像這樣，
分不清你是活人或死人。

啊……
啊……
啊……

啊啊啊——
嗚啊！

呼……
呼——
喀！
咳，嘔……
站起來！

你還想依賴那些神明、上帝保護你多久？
人只能自己保護自己。
不能教我符咒法術就好嗎？像師兄他們那樣—
不可以！
你一定要習慣殺死祂們的感覺。
「形體」是最大的幻惑，你既然能看見祂們，
就會因此心軟動情。

以為自己能分善別惡、註生判死，但你終究是凡人，不要同情異類。
幽冥鬼物，不需要你的慈悲。
師父，讓他休息一下吧！我看他是累壞了。
那是什麼感覺？
您也進去喝杯茶、歇一歇。

就像殺人一樣嗎？
！
喂，你覺得我
是人還是鬼？
會不會有一天
你再也分不清楚，

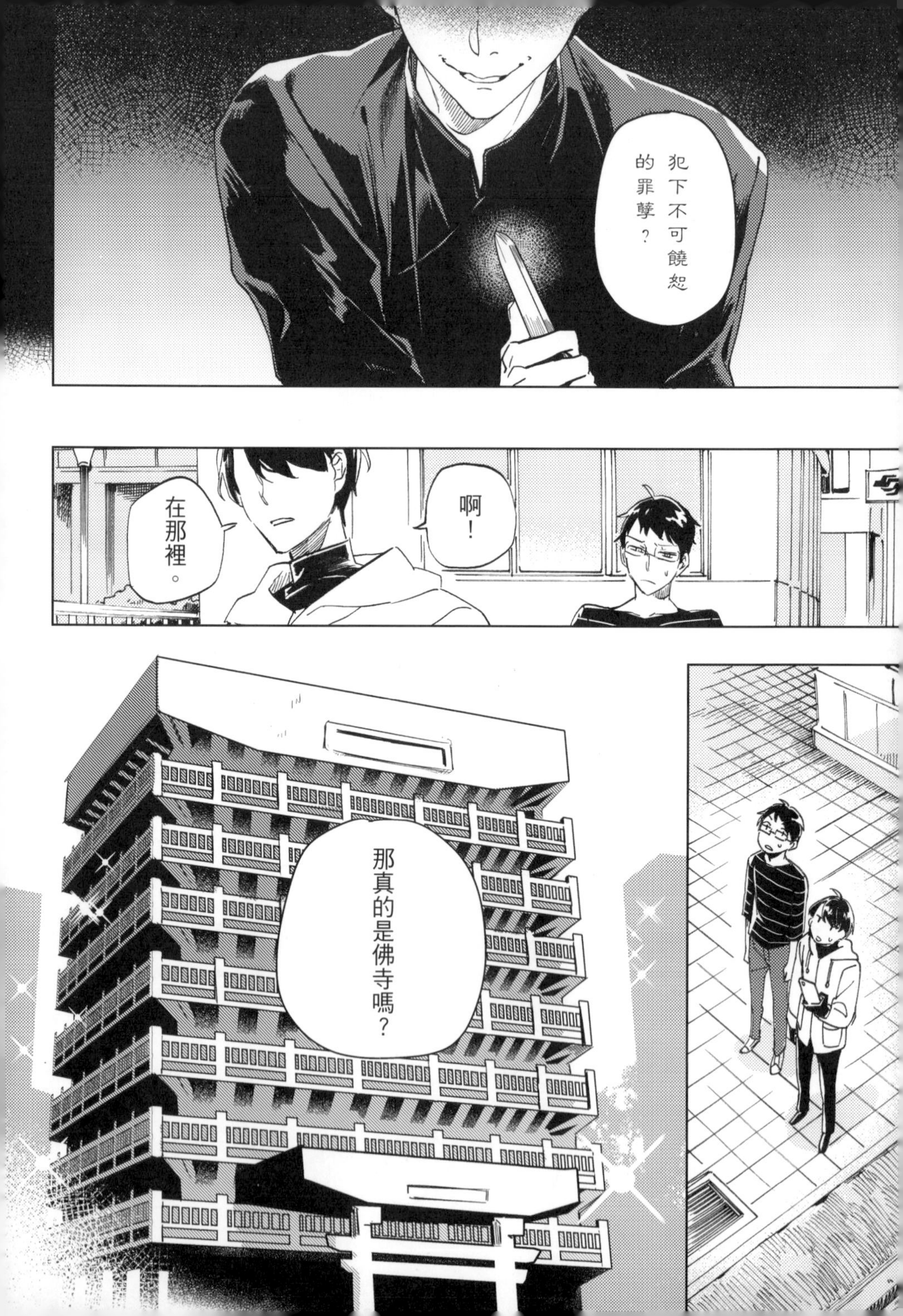
犯下不可饒恕的罪孽？
啊！
在那裡。
那真的是佛寺嗎？

原來如此，跟東本願寺有關啊。
淨土真宗算是淨土宗的分支，
你們找上這裡也很合理。
不過，你們找錯人啦。
這裡現在不是淨土宗寺廟了。
是這樣嗎？
以前確實是日本淨土宗的臺北別院，
國民政府來了就沒管這麼多了。
一朝天子一朝臣嘛
目前本寺住持也是「十方叢林」，
不會從住持的弟子中選取。
果然沒這麼容易…
雖然我不是淨土宗，如果只是點粗淺知識，應該還是能幫上忙。

那麼請教法師，淨土宗與其他宗派，最大不同究竟在哪裡呢？
淨土一脈最重要的核心，是強調「他力」。
其他教派依靠自力發心修行，達到解脫境界。
但淨土宗認為，人無法憑一己之力證悟，須依賴佛慈悲的願力拯救。
因此淨土門一心只念「南無阿彌陀佛」，深信佛必救自己免墮地獄、往生淨土。
好純粹的信念…
那麼，淨土門是否有某種特殊的法咒，
能將鬼「藏」起來？
藏？

淨土一脈並不是強調持咒或念誦真言的宗派，
他們唯一的咒，就是念誦阿彌陀佛之名。
如果真有鬼怪出現，
淨土宗也只會送他們往生極樂吧。
這倒能解釋為什麼獅吼大樓沒有鬼，
都被超生了嘛！
但亡魂如果是厲鬼，甚至作祟殺人呢？
這種人也有被拯救的資格嗎？
難道淨土宗也願允許這樣的怪物往生樂土嗎？

不錯，
《觀無量壽經》有言：至心稱佛名故，能除八十億劫生死之罪。
只要呼喚祂的名字，什麼樣的惡人祂都願意拯救。
台北車站
TAIPEI MAIN STATION
TAIPEI MAIN STATION

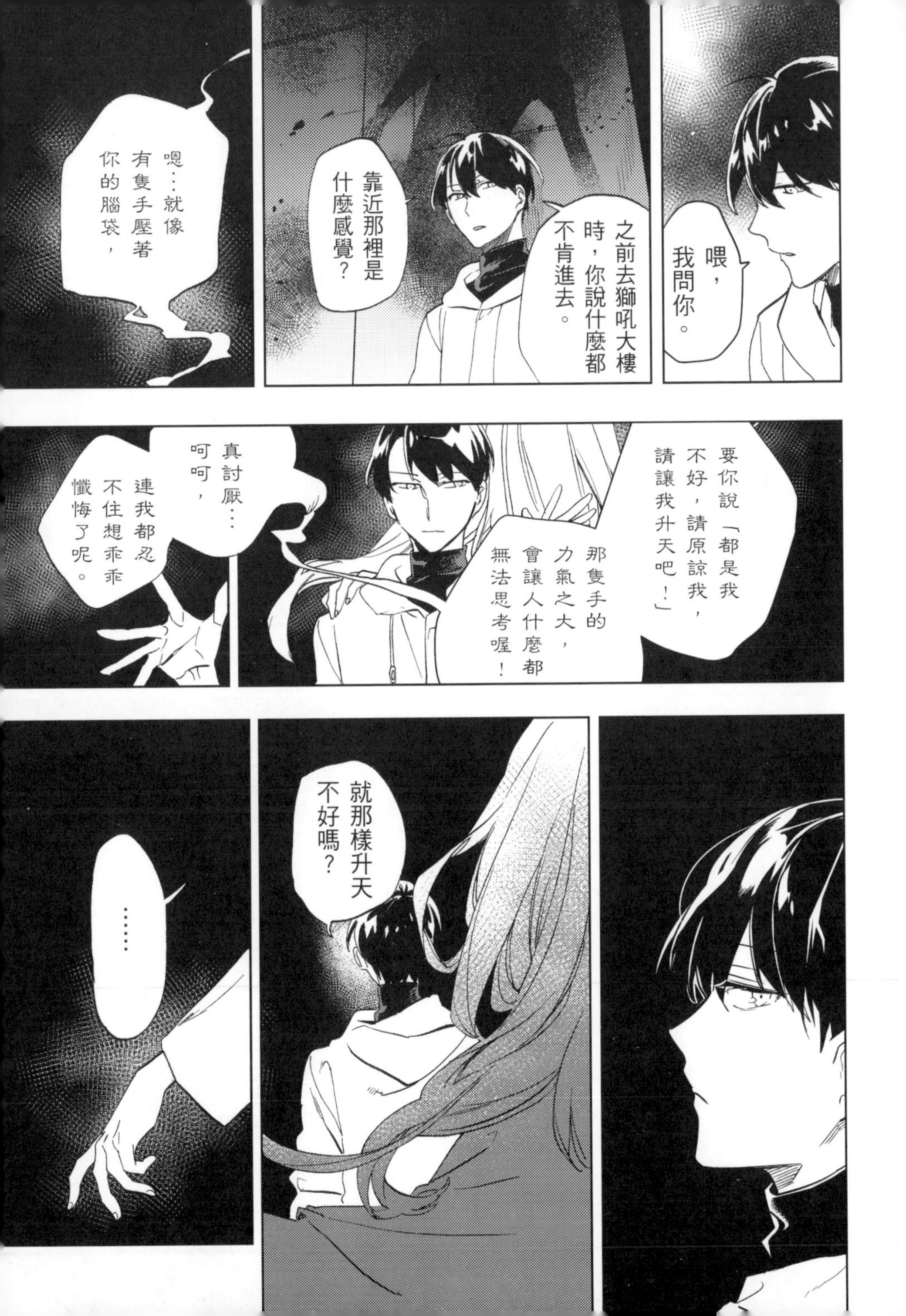
喂，我問你。
之前去獅吼大樓時，你說什麼都不肯進去。
靠近那裡是什麼感覺？
嗯⋯就像有隻手壓著你的腦袋，
要你說「都是我不好，請原諒我，請讓我升天吧！」
那隻手的力氣之大，會讓人什麼都無法思考喔！
真討厭⋯呵呵，
連我都忍不住想乖乖懺悔了呢。
就那樣升天不好嗎？
⋯⋯

!
嗶嗶嗶嗶
啪!

你在發什麼呆啊！
列車門即將關閉——
勿倚靠車門
Do not lean on doors.
抱歉…我在想法師說的事。
喂……你問那些，是不是獅吼大樓真的有鬼？
不確定。
可是就算東本願寺有「咒力」，也是讓亡靈超生的力量，
為什麼變成有惡靈在徘徊？
難道惡靈這麼厲害，東本願寺無法解決嗎？
這樣只要叫我除靈就好了，
委託卻是要我消滅東本願寺的力量……
這樣簡直…

——像惡靈跟東本願寺才是一夥的。
嘭ッ

從芳美禮服店裡看出去，根本看不到玻璃。
有些店晚上不會關燈啊。
幽靈沒有倒影……
什麼情況下你會覺得自己看到鬼？
嘎？
快講。
嗯…看到已經死掉的人？
沒有影子的人？
沒有腳？
怎樣，我有猜對嗎？
圓山──
圓山──
你幹麼？
還沒到啦！
快步走出

我知道幽靈在哪裡了。
你到底想找什麼？
那女的在騙人。
從芳美禮服的店面看出去，根本看不到半面玻璃窗。
那你還來這裡幹麼？
但看見幽靈這件事，我認為她沒有說謊。
她只是照實說出自己看見的景象。
只是她看到幽靈幻影的地方，不是芳美禮服。
停下

果然沒錯，
找到了……

金星工作室
那就是紅和服的真面目。

可知論偵探

ism Detective

不可知論偵

Agnosticism Detective

不

Agnosti

金星工作
那就是紅和服的真面目。
〔惡人正機篇〕第肆回
到底怎麼回事？
叮咚
歡迎光臨——
星
作

請問需要什麼呢？
請問你們有沒有紅色的和服？
有想要的款式嗎？
可以全部拿出來給我看看嗎？
請稍等。
翻找
咦？

是不是少了一件？
這……可能是我不小心收進倉庫——
那就去倉庫找。
這到底是怎麼回事？
那小偷說……

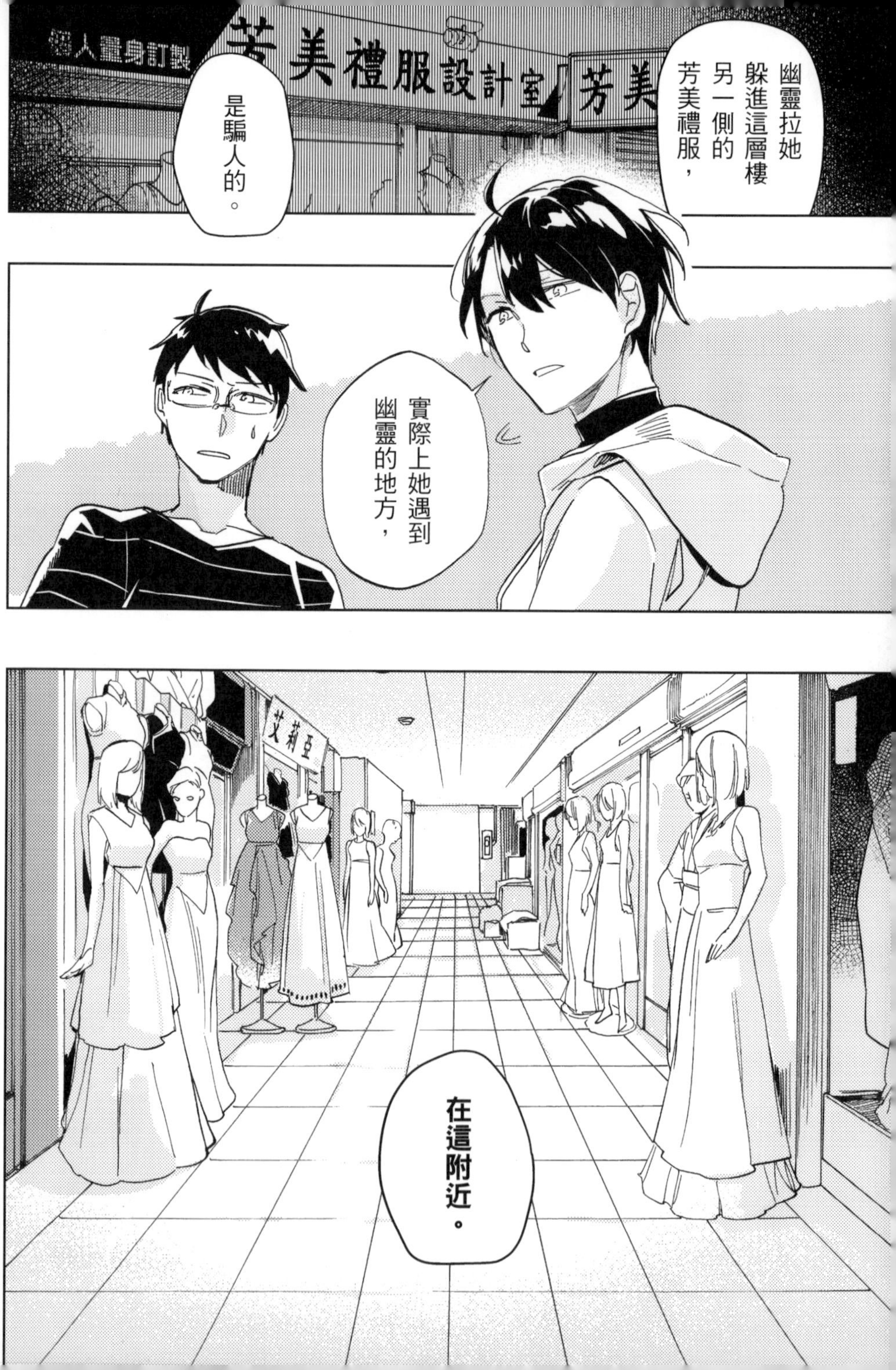
個人量身訂製
芳美禮服設計室
芳美
幽靈拉她躲進這層樓另一側的芳美禮服，
是騙人的。
實際上她遇到幽靈的地方，
艾莉亞
在這附近。

艾莉亞
94
設計・訂製
莊妮 精品名店
A&P
小偷當晚應該藏在這家金星工作室對面三間店的其中一間。
你怎知道？
從芳美禮服看出去只有整面牆。
根本沒有機會看到幽靈和玻璃倒影。
要鬼扯明明可以更簡單，就像你說的沒腳、沒影子……
但她說的卻是「沒有在玻璃窗上留下倒影」。
選擇這麼迂迴的「特點」，我只能想到一個理由。
那就是她真的看到沒有倒影的紅和服。
那問題就變成，
哪裡能讓她看到那種景象？

可是這裡有倒影啊？
當晚沒有。
當晚大樓早就打烊，二樓應該全暗。
但對面這間店依然燈火通明，因為有人正在裡面偷和服。
這是基本的反射原理，當室內燈光比室外強得多時，
在室外的人看不到玻璃上的倒影，只會看見室內的景象。
因此紅和服才會沒有倒影，就像幽靈一樣。
但是這種事情小偷會沒發現嗎？
因為真正讓她誤會的關鍵，是人偶的陳設。

金星工作室
整個二樓，只有金星的人偶是內外對稱擺設的。
昏暗中，她一定是把店內人偶誤當成店外人偶的倒影。
小偷所在地
當所有人偶都有「倒影」時，
只有那個紅和服什麼也沒留下。
所以她才會以為紅和服是幽靈嗎？
怎麼辦，真的少一件……

不要緊張，我可以幫妳找到小偷。
但需要妳先告訴我，
那件和服長什麼樣子？
那是改良式和服，
袖口短、裙擺也較寬。
除了和服，還少一頂黑色假髮。
……
那件和服是M號，我穿的話大概到腳踝。

你幫我請吳雙確認一件事。
你幹麼不自己問？
我沒有他電話。
你是封鎖他了吧？
……
問他「案件當晚到隔天開門營業這段時間，監視器有沒有拍到離開大樓的人？」
這種時候就會擺師叔架子。
喂，小吳？
對面那三間店週五晚上是誰值班？
週五…

「艾莉亞」的工讀生未夏是玩cosplay的。
她很高，像模特兒。
她很想來我們店裡打工。
我們做很多cos服嘛
「莊妮」工讀生雅涵，好像是店長的親戚。
來賺零用錢而已，聽說她家很有錢…
「A&P」的工讀生小彤是高中生。
最近寒假幾乎打全天工，好像滿缺錢的。
大樓出事隔天，她們有人蹺班嗎？
沒…沒有吧…我們還一起討論命案。
你問這幹麼？
難道你認為紅和服在她們之中？

當時情況危急，紅和服應該沒空撬別家的門。
很可能是直接把那小偷藏進自己店裡。
呦！這次換一個啦？
今天不是婚紗店的人了嗎？
怎麼會呢？今天就是來招募員工的。

以後要不要來我們這邊打工？夜班我會給兩倍時薪喔。
金星真的要倒了？
聽起來超可疑耶？
兩倍時薪！
免囉，我不缺錢。
而且我家有門禁。
聽起來像做黑的耶
我是外宿，沒差喔！
妳好高喔，妳幾公分？
不是普通婚紗店嗎？為什麼要問身高？
選我選我啦！
妳這麼缺錢，什麼都肯做嗎？
喂，你的問法真的超不妙的！
高中生能值夜班嗎？
放心啦！
我家現在沒人管我。
吳雙回覆了。

問到了
監視器顯示
那晚凌晨到隔天中午
沒有人從獅吼大樓
出入口離開
THANK YOU!
好，恭喜小彤錄取，其他人解散！
哇～
為什麼不好，我有什麼……
我根本沒要參加你的面試吧？
那我們來談談工作內容吧？
商業機密喔
兩倍時薪是真的嗎？
那天晚上，

妳偷了「金星工作室」的紅色和服，
還把那女人藏進你們店裡，對不對？
從凌晨到商場開始營業為止大樓沒有任何人離開，
但隔天她們三個都準時上班，表示紅和服在大樓待了一夜。
雅涵有門禁，應該很難交代過去吧？
M號的和服對未夏太短了，會露出腳踝。如果看到腳，應該不會以為是幽靈。
只有妳，身高剛好，家裡也沒人…

徹夜不歸也無所謂。
哼，
雅涵說得果然沒錯，薪水太高的打工一定要懷疑。
妳穿成那樣在大樓遊蕩，到底是為了什麼？
不是很厲害很會推理嗎？
你猜猜看啊？
妳是不是看到什麼…
不該存在這世上的東西？

他長什麼樣子！
神經病！
你到底想問出什麼？
如果我要拔劍，
至少得知道要面對什麼。
你在意的是尾款吧？

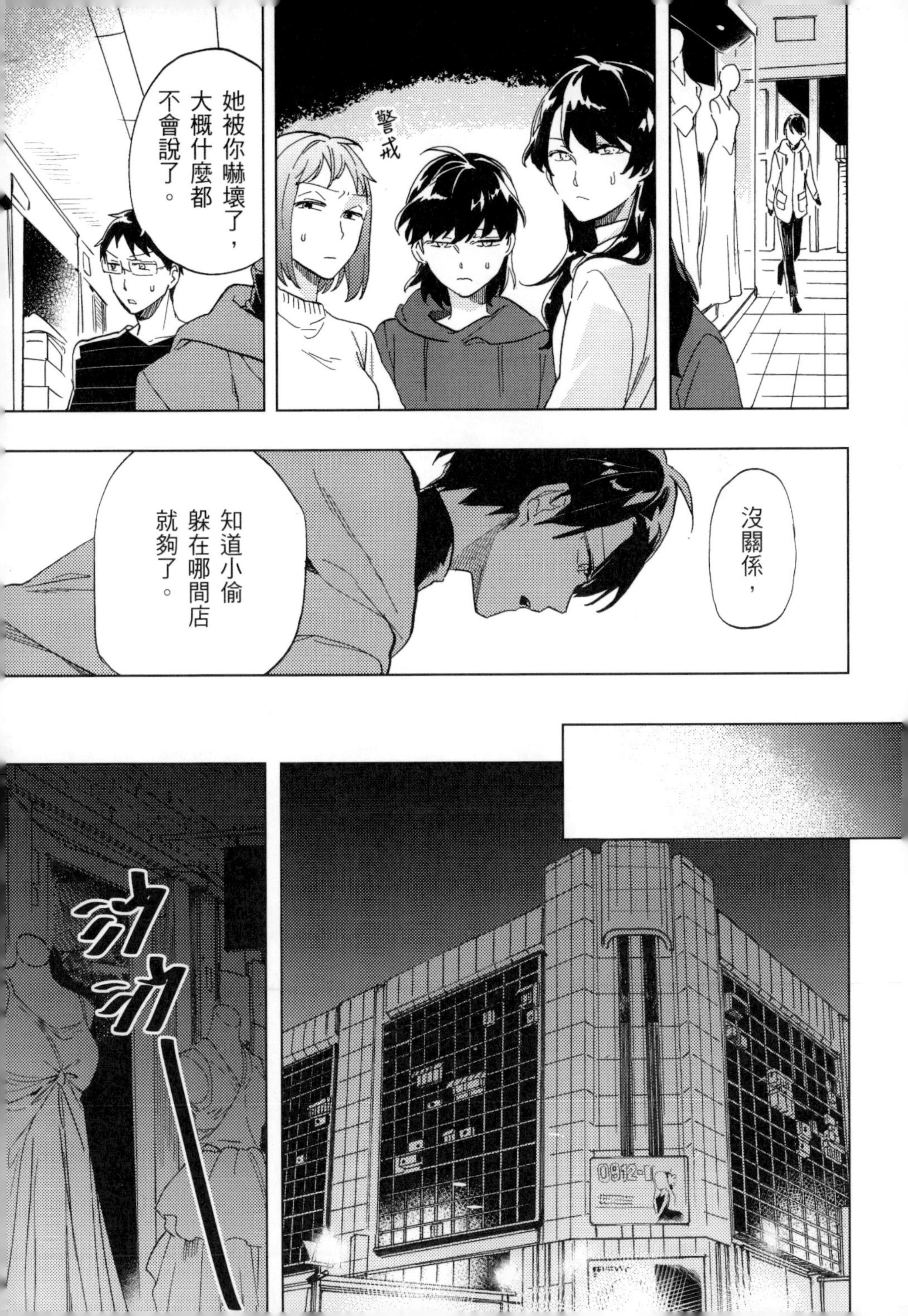
警戒
她被你嚇壞了，大概什麼都不會說了。
沒關係，
知道小偷躲在哪間店就夠了。
动动

什麼人？

A&P
小偷跑進芳美禮服，就是不想被知道當晚她真正的位置。
她想藏住什麼？
為什麼？
喀嚓
A&P
禮服租售
東西…應該不會太大…

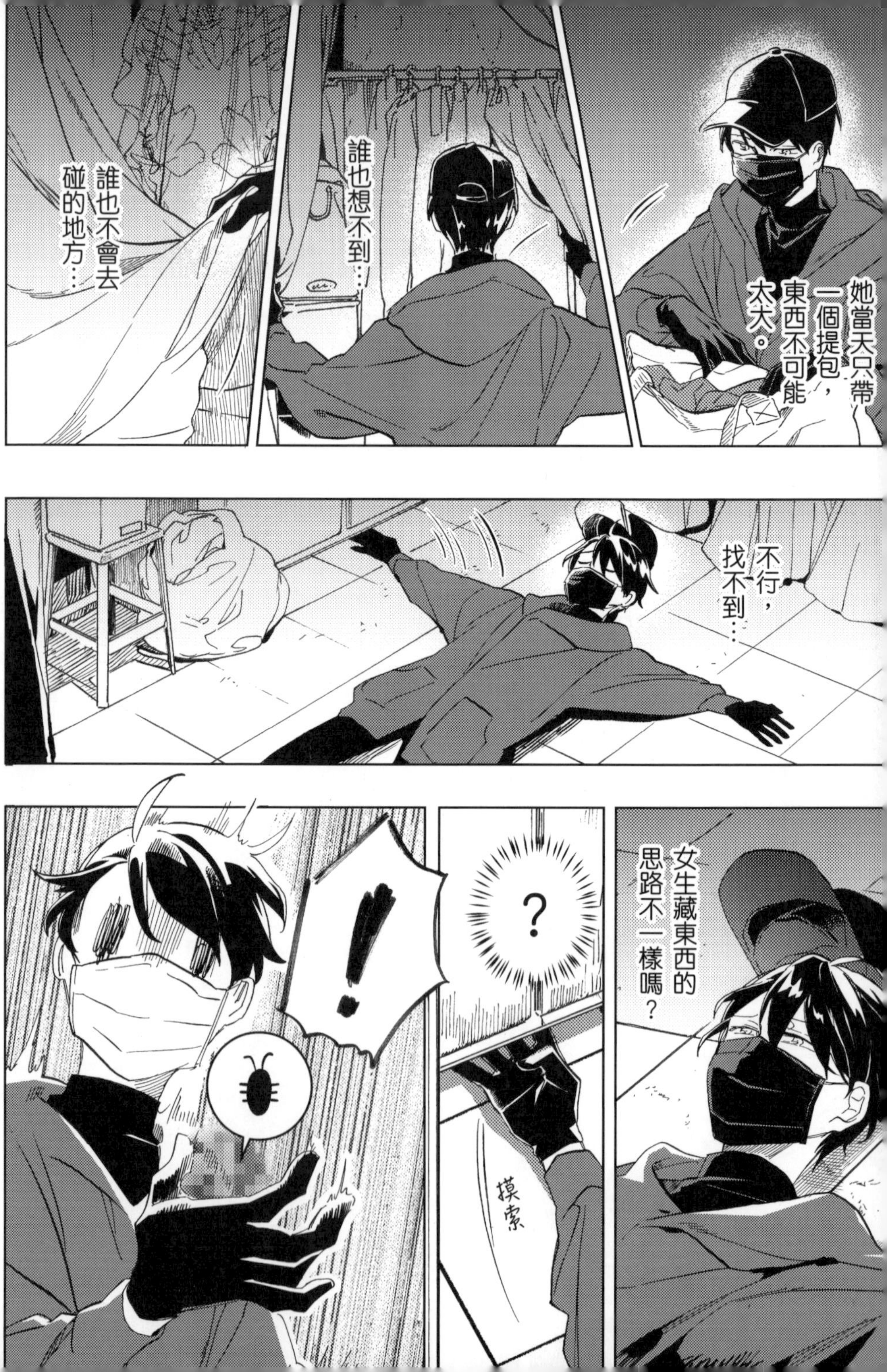
她當天只帶一個提包，東西不可能太大。
誰也想不到……
誰也不會去碰的地方……
不行，找不到……
女生藏東西的思路不一樣嗎？
摸索
？
！

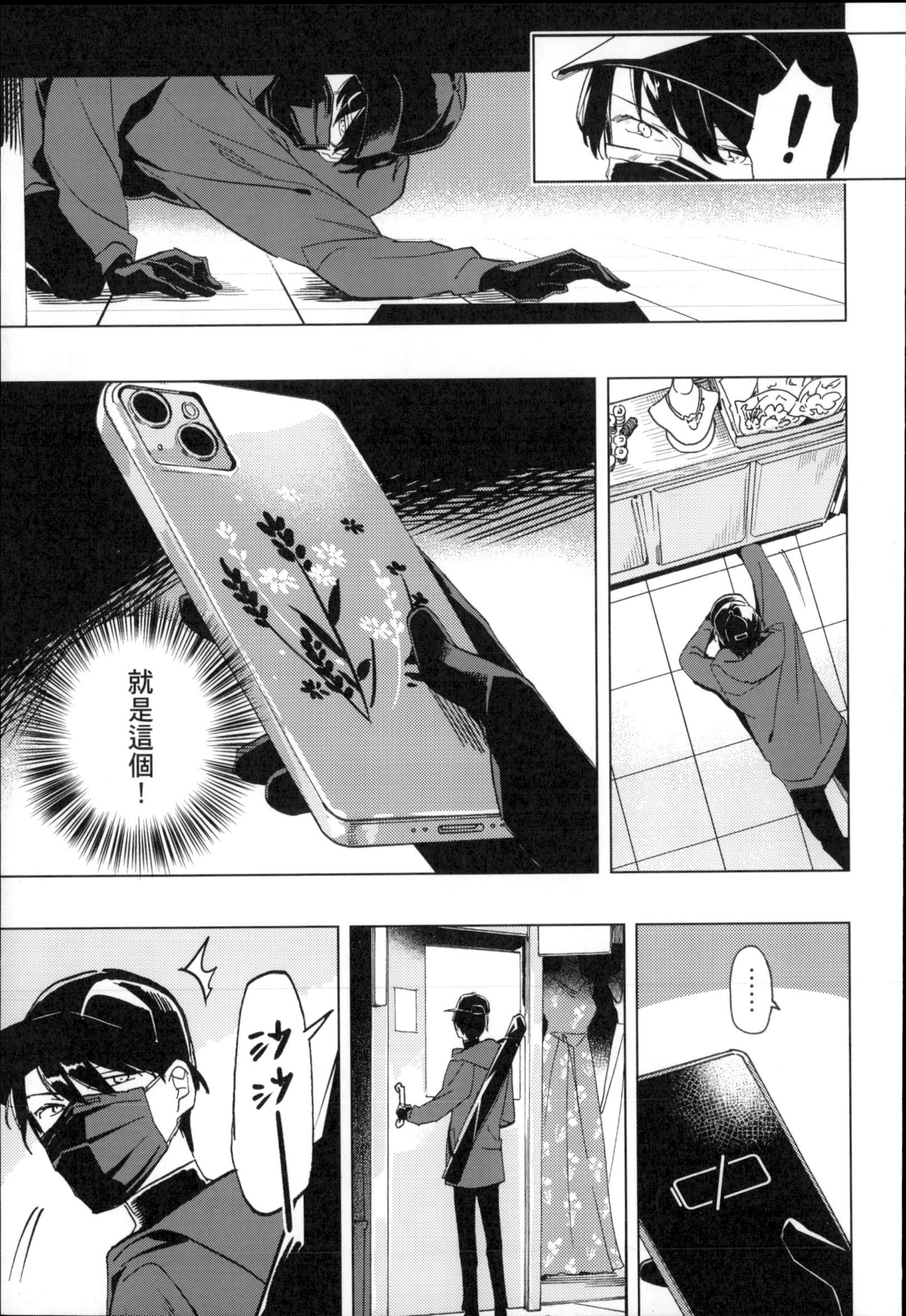
！
就是這個！
シャシャー
……

你在這裡吧？
為什麼不出來！東本願寺在保護你嗎？
或者……
是你在保護東本願寺？
你到底……
是誰？

我會找到你的。

{惡人正機篇} 第伍回

那邊不就是…！
不好意思，我要在這裡下車。
這附近真的很陰啊——
這樣怎麼做生意！

獅吼大樓
36
刑案現場禁止進入
聽說又死人了！
死人？誰？
我哪知道？
不過……

死狀好像超慘的！
叮
海鱗子老師！
獅吼大樓又出事了？
老師你怎麼知道！
死的是誰？
也是刺蝟那群人，所以緝毒組也出動了。
是兇殺案嗎？
應該不是，這次有目擊者。
？

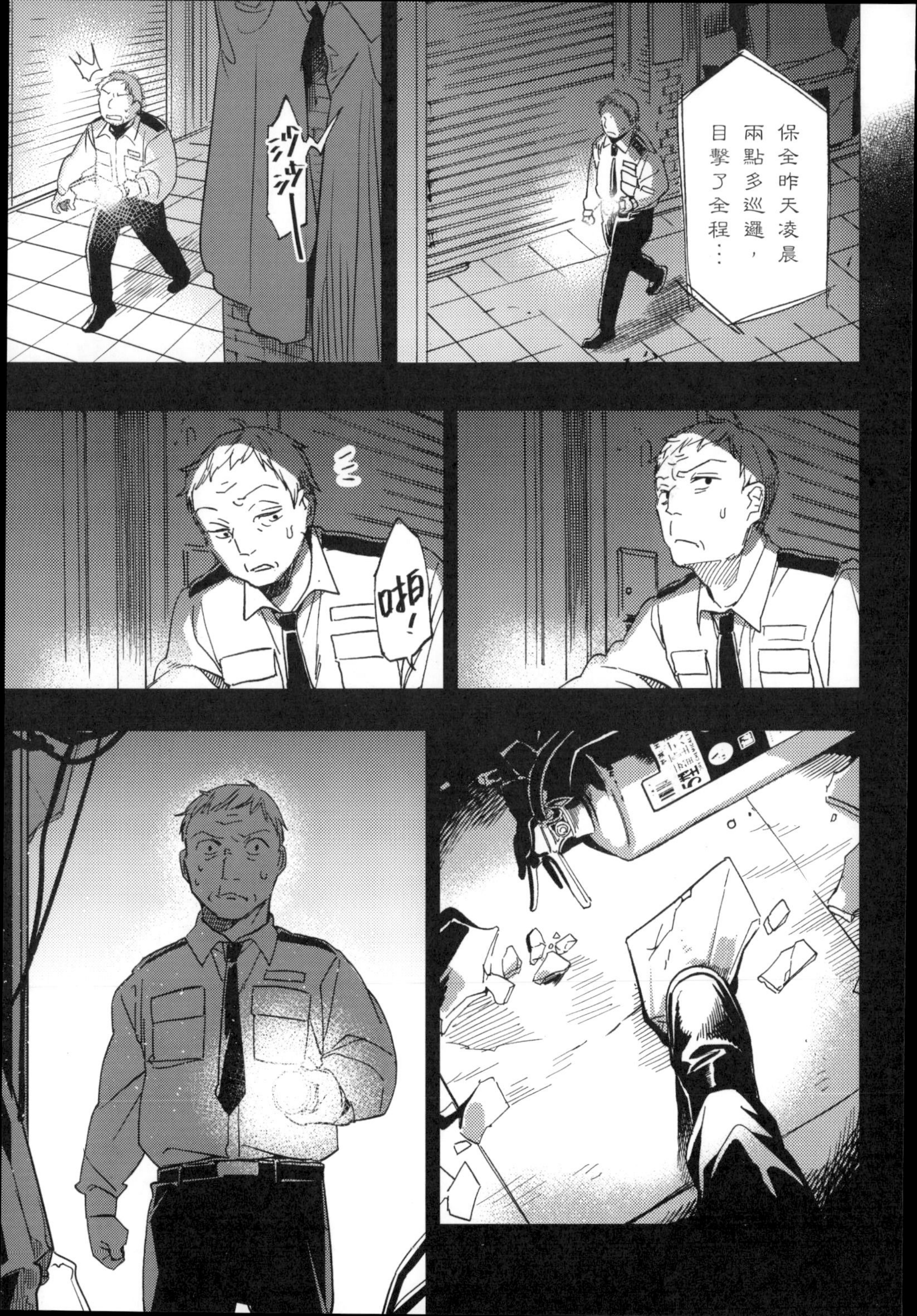
保全昨天凌晨
兩點多巡邏，
目擊了全程…
沙沙—
啪！

個人量身訂製
方美禮服設計室
沙沙
你…
別、別過來!!

嘰——…
！

哇…
哇啊啊啊啊啊——
那種東西怎麼會突然倒下來？

芳美禮服在靠街一側，那晚窗戶沒有關，
可能是碰巧颳起異常的強風⋯⋯
不，絕對是那傢伙。
可以再給我看一次暴力集團的照片嗎？
「刺蝟」他們？你要做什麼？
林彥騰
叮
林彥騰⋯果然。

林彥騰
死者不是林彥騰，是那個穿黑襯衫的。
我知道，但林彥騰恐怕也凶多吉少了。
咦？什麼？
去臺北看守所。
我絕對……
台灣車隊
19290

不會讓你再繼續殺人！
法務部矯正署臺北看守所
接見室
妳終於肯見我了。

你是誰？為什麼用彥騰的名義來見我？
獅吼大樓死第二個人了。
我要知道那晚到底發生什麼事？
能說的我都跟警察說了。
妳不配合也可以，

我會把這支手機寄給追殺妳的黑道。
！
哈哈、
你真像個惡魔。
請便、
他們才不要這個。
……
妳特意跑去芳美禮服，是不想被知道手機其實藏在Ａ＆Ｐ。
所以我以為妳怕黑道找到手機。
不過……

再仔細想想，毒販是妳男友，卻連妳也被追殺……
我是不是可以假設妳也有份？
難道這手機想躲的，其實是警察？
那好，我就把手機交給警察。
哼、
你很得意嗎？惡魔先生。
希望裡面沒有會讓妳惹上大麻煩的東西囉。
好啊，給警察吧。
反正你們也解不開手機密碼吧？
……
我…在找真正的凶手。

那天救妳的紅和服不是鬼，她很可能目擊到凶手。
告訴我，是她嗎？
你想抓凶手？你又不是警察。
警察對付不了他。
但他殺的那些人都是社會敗類，
他救了我一命，是個好人呀，我為什麼要幫你？
對妳一無所知的人，不要輕易說好人壞人。

今早死在芳美禮服的那個人，頸動脈被憑空爆裂的玻璃割斷。
當時追殺妳的黃明仁，對空氣連開九槍後從十幾樓的高度離奇摔死。
妳還覺得他是好人嗎？
你說紅和服看到凶手，那她……會有危險嗎？
我不知道，那傢伙現在已經變成一頭怪物。
好，我可以幫你。但你也要幫我一件事。
出事了
快去獅吼大樓
東西放在老地方
但那裡已經不能找錢
?

那天彥騰忽然傳訊給我，我就知道他出事了。
我們……貪心偷拿了一些不該拿的。
但彥騰也有留一手，
他要我去找的，一定是可以讓我保命的東西。
老地方在哪？
他在三樓的電動遊樂場打工，我常去陪他。
我只知道一定在遊樂場內，但訊息寫得不清不楚，我也沒找到。
妳要我幫妳找到林彥騰藏的東西？

好，我答應妳。
對，然後全部交給警察，
替他報仇。
我那天溜進遊樂場，刺蝟不到十分鐘就出現了。
我拚命逃到二樓。
那個女孩把我拉進店裡。

她說要把刺蝟趕走，然後就出去了。
她穿著鮮豔的紅色和服、頭髮很長、蓋住整張臉，
我真的以為是鬼…
她衣服選合身的，鞋子也沒換，
卻故意挑蓋過臉的假髮。
不想被監視器拍到？但她在這裡打工，應該很熟監視器位置…
一樓他們已經被偷兩次了，
!
還自己出錢加裝監視器呢！
【監視器施工公告】
一樓部分區域
將加裝監視器
施工日期：
106年2月8日（一）
9:00~16:00
施工範圍：
樓B、E區

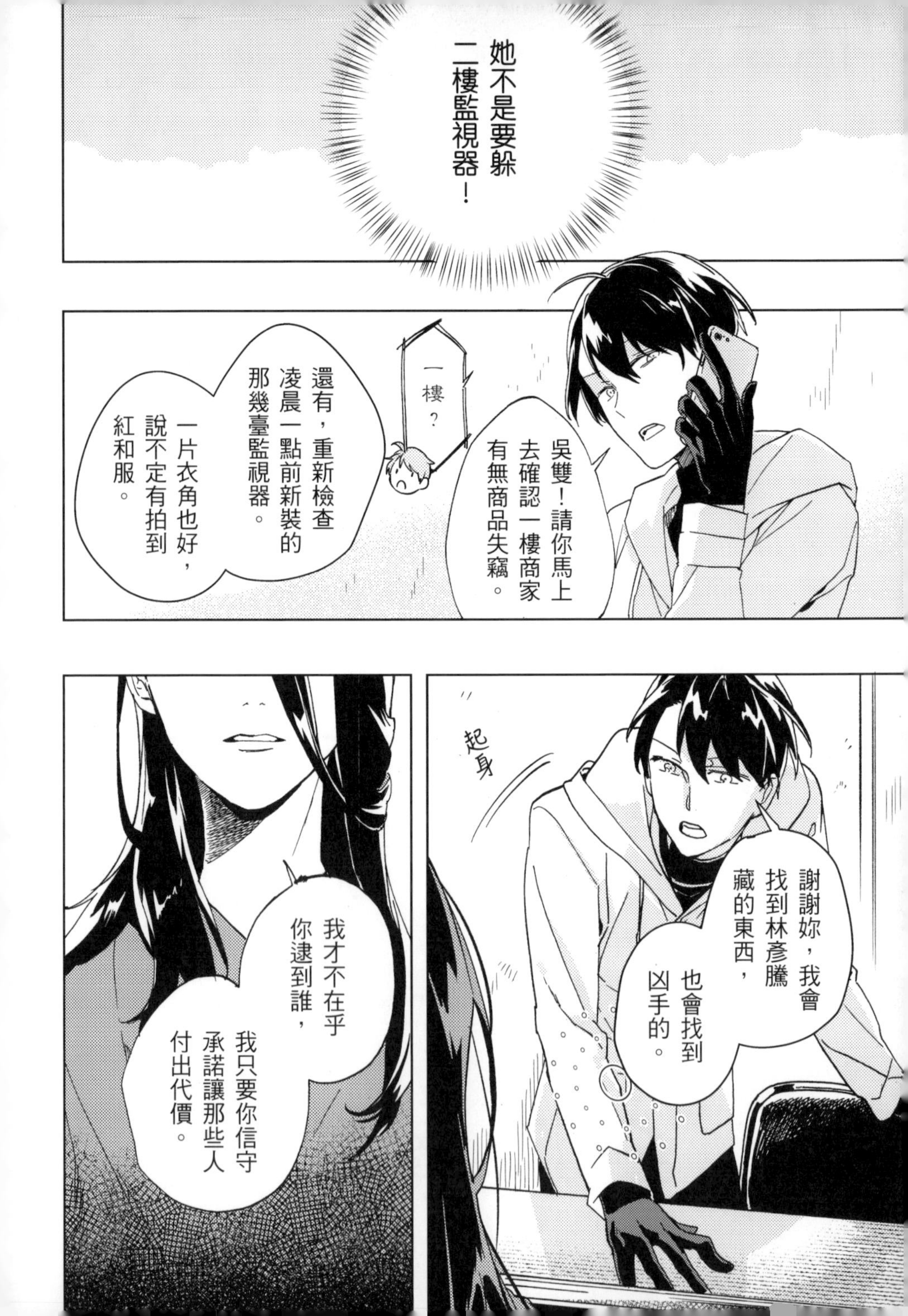
她不是要躲二樓監視器！
吳雙！請你馬上去確認一樓商家有無商品失竊。
一樓？
還有，重新檢查凌晨一點前新裝的那幾臺監視器。
一片衣角也好，說不定有拍到紅和服。
起身
謝謝妳，我會找到林彥騰藏的東西，
也會找到凶手的。
我才不在乎你逮到誰，
我只要你信守承諾讓那些人付出代價。

聽說他們殺了人，會把屍體埋進深山，
讓人一輩子也找不到。
我這輩子、
一定…連他最後一面，
也見不到了吧？
妳剛才問我是誰……我是個道士。

你說…什麼？
正確來說，我是一個靈媒。
所以，如果警察找不到他，我可以幫妳找。
什麼嘛，原來你是個好人啊。
對妳一無所知的人，永遠不要說什麼好人壞人。

你到底想幹麼！
公告說下週才裝監視器，當天卻突然提早裝好。
但妳還是冒險行動了，很缺錢嘛。

妳怕自己避不開一樓新監視器，
乾脆偷對面的紅和服和假髮來變裝。
調查發現三家店庫存各少了一支手機。
另外五號深夜監視器拍到一個像是穿和服的人影。
被當小偷就算了，但是死者指甲裡驗出了紅色纖維。
要我去跟警察說，
哪裡可以找到紅色纖維嗎？
我……
沒有……

不想被當殺人犯，就告訴我那晚妳看到什麼。
妳看到真正的凶手，對吧？
我真的……沒有殺人……
那時我準備把衣服換下來，突然聽到吵架聲。
我以為是情侶吵架，那男的罵得很難聽，那個女生……很可憐……
而且我穿成這樣，想說乾脆嚇一嚇那男的。

但他們根本不是情侶吵架。
我那時就知道自己完蛋了。
我想逃去一樓，可是他對我開槍。
我只好往樓上跑，
但他一下就追上來。

嗚啊啊！
砝
妳是誰？
那女人的同夥？
喀噔
喀噔
喀噔
什麼人！
喀噔
喀噔
喀噔
喀噔

媽的！
裝神弄鬼嚇我？
咯噔
咯噔
咯噔
咯噔
咯噔
咯噔
咯噔
咯噔
咯噔
你是…什麼——

不要過來！
磅！磅！
磅！
磅！磅！
磅！磅！
磅！
喀！
咯噔
咯噔

你、你……
啊、啊啊啊啊啊——
咚

喀噠
喀噠
別怕，沒事了。

——惡人正機篇 未完待續——

〔番外篇〕

Dance on my grave

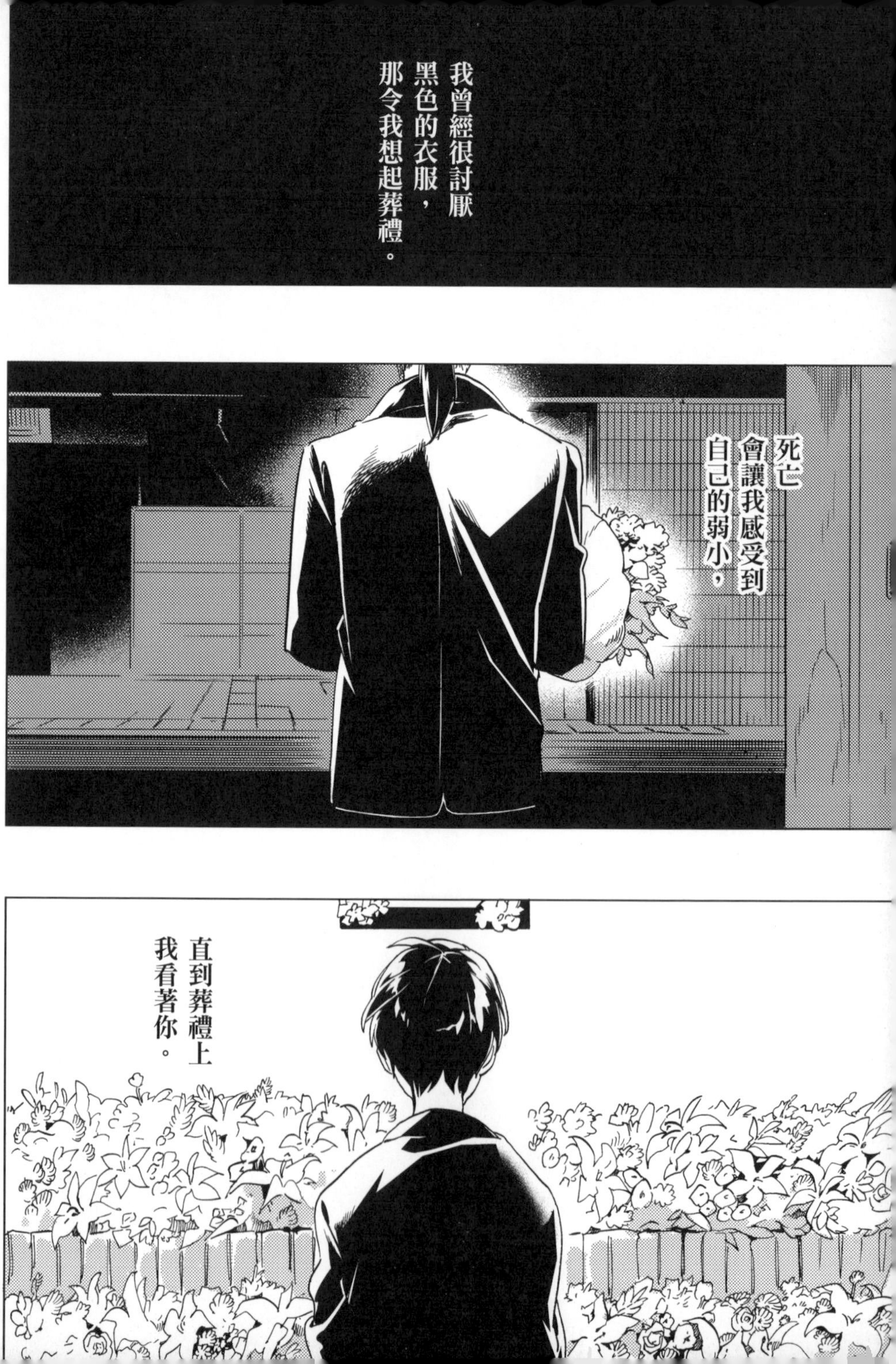
我曾經很討厭
黑色的衣服，
那令我想起葬禮。
死亡
會讓我感受到
自己的弱小，
直到葬禮上
我看著你。

我的死使你如此痛苦；
我的死能操縱你。
那一刻，
死亡讓我感到
自己無比強大，
又悔恨。
因為我並不想傷害你。

地下二層 B2
地下四層 B4
見鬼……
早知道就不要來。
幾天前——
誒，廟裡收到給你的白帖耶。
扔掉吧
幹麼這樣？這誰啊？
？

等等，這是那個號稱北臺灣宮廟界地下國王的慈惠宮袁家嗎？
喔，他們家族之前有人委託我除靈⋯⋯
我們得罪不起慈惠宮啊！
拜託你去吧。
等⋯為什麼啊？
哦⋯
麻煩死了
那個⋯⋯不好意思。

請問你是阿波塔西斯先生嗎？
誰？
就說了我不是什麼阿波！
但你明明就照約定穿黑西裝拿白捧花！
因為我要參加公祭！
你也在我們約好的鳥人前面等！
臺北車站就這幾個出口啊！
反正一定是我不夠可愛，你後悔跟我見面了對吧！
哇渣男…

聽我說，妳真的搞錯人。
妳繼續跟我糾纏，萬一錯過真的阿波先生怎麼辦呢？
可是……
你就幫她嘛，年輕小女生跟網友見面最容易被騙了——
我有一種很不好的預感——

放著他們單獨見面
會出大事喔！
一條青春少女的生命
就這樣化為烏有……
可憐…唉…
你們真的是
約在這裡嗎？
也可能是…
我猜錯了。
猜？
因為……
阿波先生就
只有寫這樣呀。

A B C D E F G
H I J K L M N
R S T U
Y Z
獻給最愛的蕾諾兒的詩篇
7,6,7,21,21,6,3,7,28,190,1,2,3,28,
8 15 2
2,24,28,7,21 1142
我們約好今天穿黑色正裝，拿一束白花，
在臺北車站見面。
剩下的，就只有這個了…
密碼與對照表嗎…？

阿波先生很喜歡推理小說，
所以約定的時間地點都採用暗號。
I J K L
P Q
W X
對照表是福爾摩斯〈跳舞小人〉，還真的是推理迷。
他還有留其他訊息嗎？
阿波先生希望這次會面保持祕密。
所以叫我把對話紀錄都刪掉了。
他還要我不可以跟人講這封信的事，
一定是期待我靠自己的力量解出答案，我是不是讓他失望了？
聽起來超不妙。
那妳怎麼知道會面地點在鳥人前面？

密碼函上的蕾諾兒是我在社團裡的暱稱。
來自美國詩人愛倫坡的一首詩〈渡鴉〉。
阿波先生最喜歡愛倫坡了，我們就是這樣變熟的。
給最愛的蕾諾兒的詩篇
6,7,21,21,6,3,7,28,190,1,2,3
8 15 2
2,24,28,7,21 1142
所以這裡的「詩篇」一定是指渡鴉。
臺北車站裡跟渡鴉有關的——
……
說這個是鴉太勉強了吧……
不只是這樣！
你看，它不是人類和動物的混合體嗎？
在愛倫坡最有名的推理小說裡，
大家原以為凶手是人，沒想到是動物！
喂！爆雷了吧！

那這些數字是幹麼用的？
我、我還在想…
其實妳根本是在瞎猜吧？
我很努力了啊！我本來就不是推理迷！
為了解開暗號，我還去看了福爾摩斯！
嗚啊啊啊！
我覺得這些密碼和福爾摩斯〈跳舞小人〉無關喔。
〈跳舞小人〉是用頻率分析法，
每個小人對應到一個英文字母。
A
B
C
因為二十六個字母的使用頻率不相等，所以能根據小人出現頻率，逆推它可能是什麼字母。
可是妳仔細看這些數字。

獻給最愛的蕾諾兒的詩篇
7,6,7,21,21,6,3,7,28,190,1
8 15 2
28,7,21 1142
乍看之下像是使用一到二十六來代稱二十六個英文字母。
後面卻突然冒出沒有規律的數字，
這些數字應該有著其他意義。
更重要的是……
如果他的目的是提示頻率分析，
明明可以選擇同樣是愛倫坡作品、也用頻率分析解謎的推理短篇〈金甲蟲〉。
那不又回到原點了嗎……
妳連出發都沒有過
不，他已經給了解謎的充分提示。
其實，這種以數字型態出現的密碼，
更常見的是書本加密法。

就是由加密者指定一篇文章。
從文章第一個字開始，按密文數字指示往下走，看會走到哪個字母。
ber 189 d reporter for the New Y d visited
n Wes eet to ask him about his y realisti
d Stat al of his pictures had di interest
played Seventh Avenue saloon. journalis
opene , fifty-one-year-old, virtually p nless French
可是我們又不知道他指定哪篇文章——
啊！
〈渡鴉〉！
妳也沒那麼笨嘛
密碼數字都很小，應該是以單字或單句第一個字母來計算……
The Raven
8,3,7,28,190,1,2,
,21 1142
出來了！

獻給最愛的蕾諾兒的詩篇
7,6,7,21,21,6,3,7,28,190,1,2,3,28,
IWILLWAITYOUAT
O 8 15 2 → OPQU
UNTIL1142
24,28,7,21 1142
我會在OPQU等妳到1142…
為什麼還有沒解出來的數字？
這首詩沒有那麼多字，而且它也沒有用逗號分隔。
所以我猜它本來就代表數字1142。
等你到1142…
啊！這是時間吧？
10:17
OPQU一定是北車內某個地點！
事不宜遲，趕快出發尋找吧！
……

臺北車
OPOP!

……
買一送一。
陌生人請吃東西很可疑耶。
那拜託妳先懷疑一下阿波先生吧？
撕開
阿波先生才不一樣，我和他認識很久了。
是喔，你們在哪認識的？

?
LYRIC
一封寫給無人的信
致你我似水的年華
最新
人氣
如果寂寞是一個鏽蝕的星體
以為連心痛都已疲倦但淚水
無法欺騙我自己
又是不眠之夜...原來藥配
LYRIC是文學與詩人的王國。
是憂鬱少女王國吧……
!
寫得真好，從沒見過這麼靈動的才華
謝謝，第一次有人這樣說，我好開心！
很希望有機會當面聊聊妳的作品，
妳是臺北人嗎
對呀
其實我在中山區經營一間複合
小書店，有沒有興趣⋯
同時也是某些人的獵場……
你那麼了解暗號，是不是也喜歡推理小說呀？

我國中以後就不太讀推理小說了。
什麼嘛，臉長這樣，心靈卻這麼庸俗！
妳從哪裡知道這個社團的？
網路上找到的，班上女生整天只會追星化妝，根本就不看書。
妳是不是沒有朋友啊？
你才沒有朋友！
這倒是真的。
我也……不想要這樣啊。
有一天開始，
突然就沒有人要跟我講話了。

哼，反正阿波先生比他們有趣多了。
阿波先生…總是能用很天才的方式鼓勵我。
哦？怎麼說？
有一次我心情很不好，私訊他聊天。
阿波塔西斯
@Apoptosis23445
關於我
有問題歡迎與我抒發
〈該帳戶目前停止運營中〉
他就要我和他玩尋寶遊戲。
替他找出一本書。

蒼蠅王
Lord of the Flies
你知道這個故事嗎？
有一群小孩漂流到無人島上。
在他們等待救援時，決定模仿大人舉行會議。
他們有一個白色的大海螺。
拿到海螺的人就可以發言，大家都要尊重說話的人。
但是，後來永遠是最強壯的人才能搶到海螺。
弱小的人，就算拿到海螺，大家也不會聽他說話。

阿波先生說，長大以前，我們每個人都像漂流在孤島上。
但是，就算拿不到海螺，也不要害怕或絕望。
因為待在島上只是暫時的，總有一天會離開。
不過，如果我在島上真的太孤獨太害怕了，
他一定會駕著船，過來找到我。
就像故事最後，船不是來了嗎？
倒是個很詩意的人…

他對很多人都這樣說嗎？
你知道我們是很纖細的吧！
然後聊完心事後，他就約妳出來見面？
不是喔，
是我約他的。
咦？
……
只要能讓他開心起來我什麼都願意做
最近阿波先生很重要的家人去世了，
阿波先生難過到主頁都暫時關閉，
所以，我希望這次換我幫到他！
這個人專挑憂鬱脆弱的少女，和她們建立良好關係。

接著表示自己陷入困難狀態，引起少女同情心，
最後和少女相約見面，還要她們刪掉所有對話紀錄。
妳真的相信他家人死掉嗎？
妳知道每年未成年失蹤者裡，
多少人是跟陌生的網友見面後消失嗎？
！
阿波先生才不是那種人！

不管老師或爸媽，
都只希望我趕快
變成一個開心的人，
讓他們少點麻煩！
但阿波先生
不一樣！
他能感同身受
我的痛苦！
只有真正待過
孤島的人，
才會有他那麼
溫柔的靈魂……
溫柔還會弄出密碼
對應表來找碴？
啊！對應表！
完全忘記對應表了！
我們根本
搞錯了，
OPQU
不用往外找，
它們不就在
對應表上嗎。

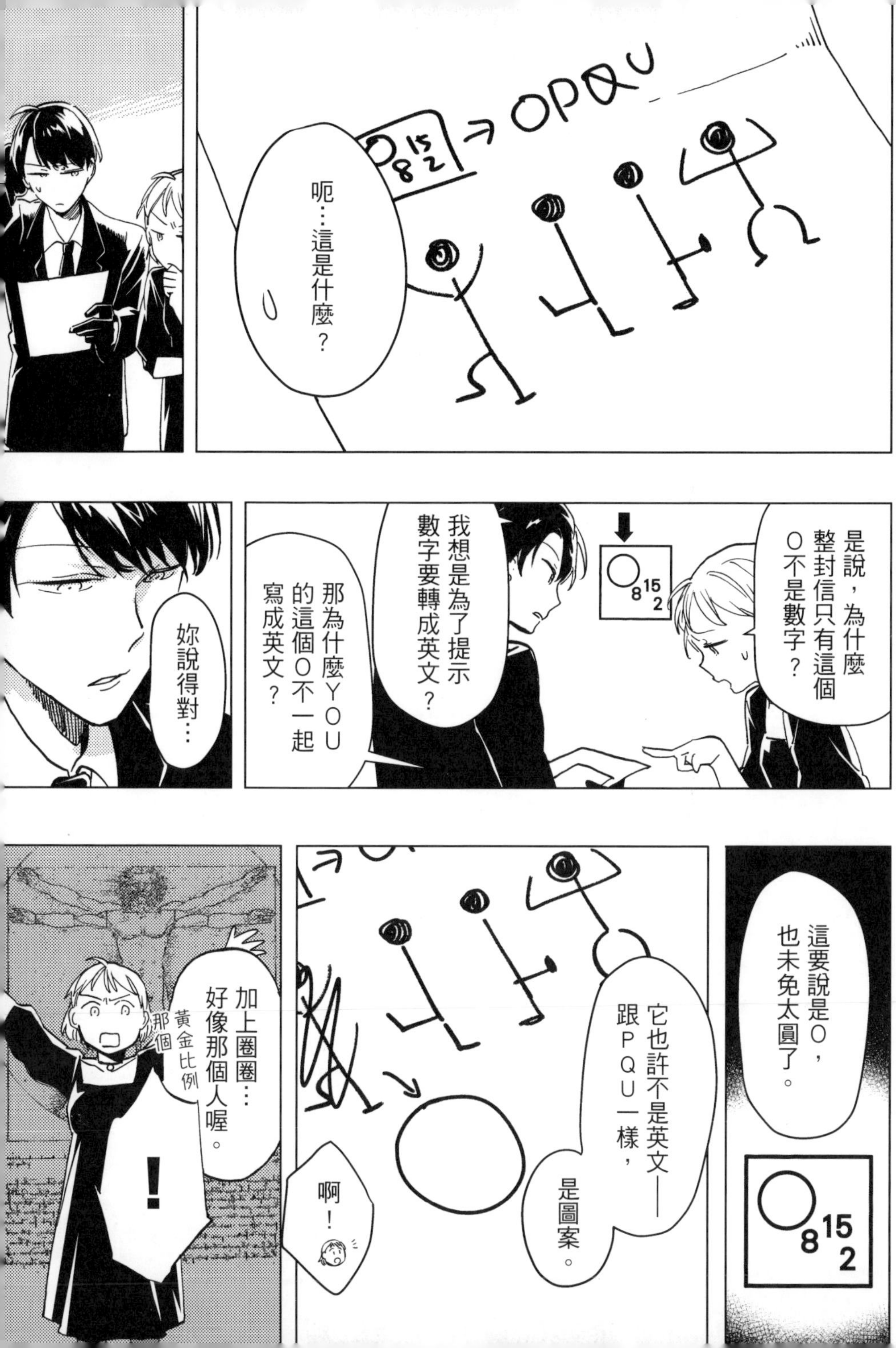

OPQU
呃…這是什麼？
是說，為什麼整封信只有這個O不是數字？
我想是為了提示數字要轉成英文？
那為什麼YOU的這個O不一起寫成英文？
妳說得對…
這要說是O，也未免太圓了。
它也許不是英文——跟PQU一樣，
是圖案。
啊！
加上圈圈…好像那個人喔。
黃金比例
那個
!

對了…既然被框在一起，
會不會代表它們本來就是同一個圖案呢？
臺鐵！
原來如此…1142代表車班時間！
開車時刻
11:36
TZE-CHIANG
11:42
Fuyuma
Local train
TZE-CHIANG
Local train
12:29
自動售票機

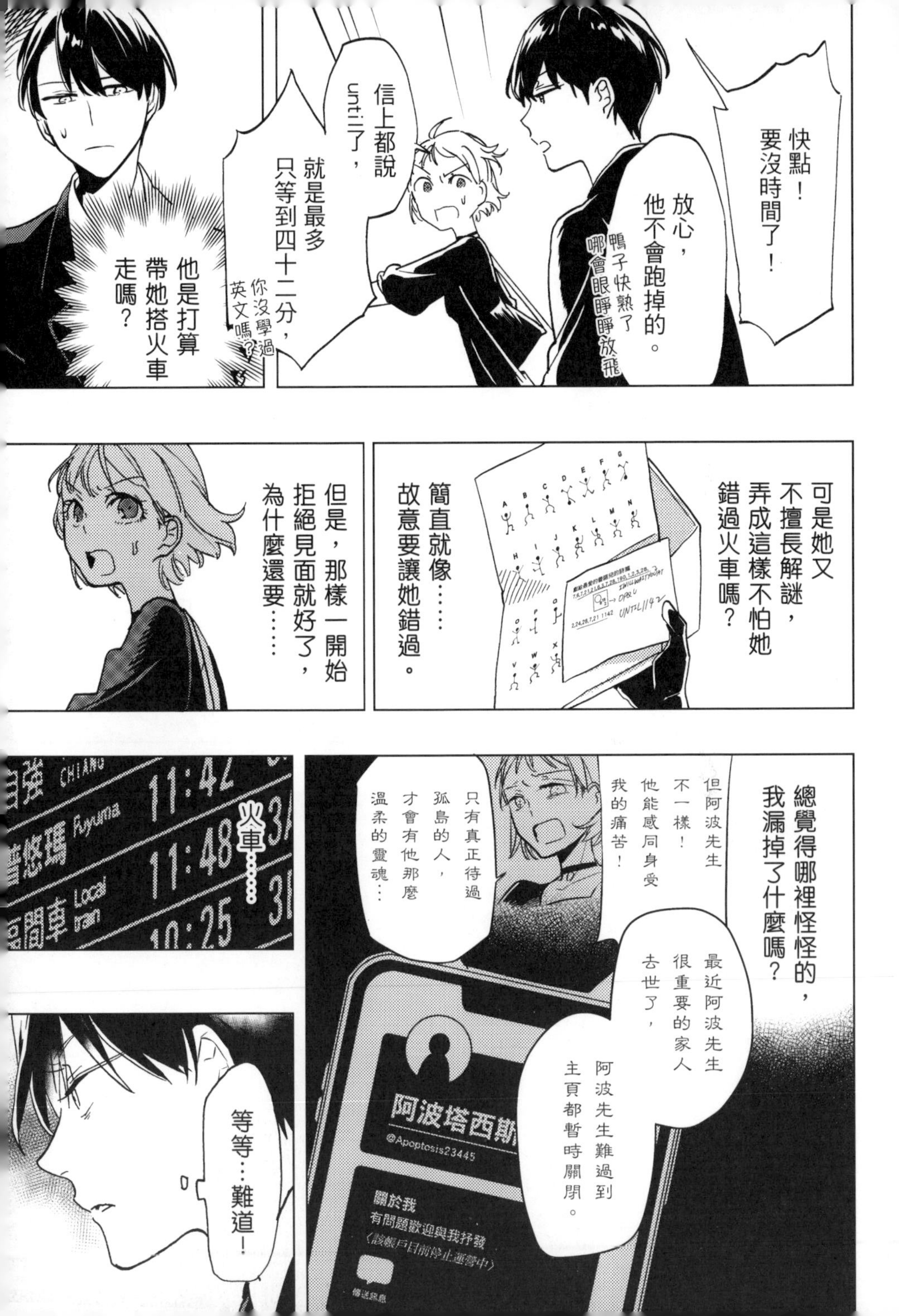
快點！要沒時間了！
放心，他不會跑掉的。
鴨子快熟了哪會眼睜睜放飛
信上都說until了，就是最多只等到四十二分，
你沒學過英文嗎？
他是打算帶她搭火車走嗎？
可是她又不擅長解謎，弄成這樣不怕她錯過火車嗎？
簡直就像……故意要讓她錯過。
但是，那樣一開始拒絕見面就好了，為什麼還要……
總覺得哪裡怪怪的，我漏掉了什麼嗎？
但阿波先生不一樣！他能感同身受我的痛苦！
只有真正待過孤島的人，才會有他那麼溫柔的靈魂…
最近阿波先生很重要的家人去世了，
阿波先生難過到主頁都暫時關閉。
阿波塔西斯
@Apoptosis23445
關於我
有問題歡迎與我抒發
〈該帳戶目前停止運營中〉
傳送訊息
自強 CHIANG 11:42
普悠瑪 Puyuma 11:48
區間車 Local train 10:25
火車……
等等…難道！

咦？等等！
開往 Destination
車種 Train Type
時間 Dep Time
Status
自強號 11:31 準點
普悠瑪 11:42 準點
3A
月臺 Platform
11:35

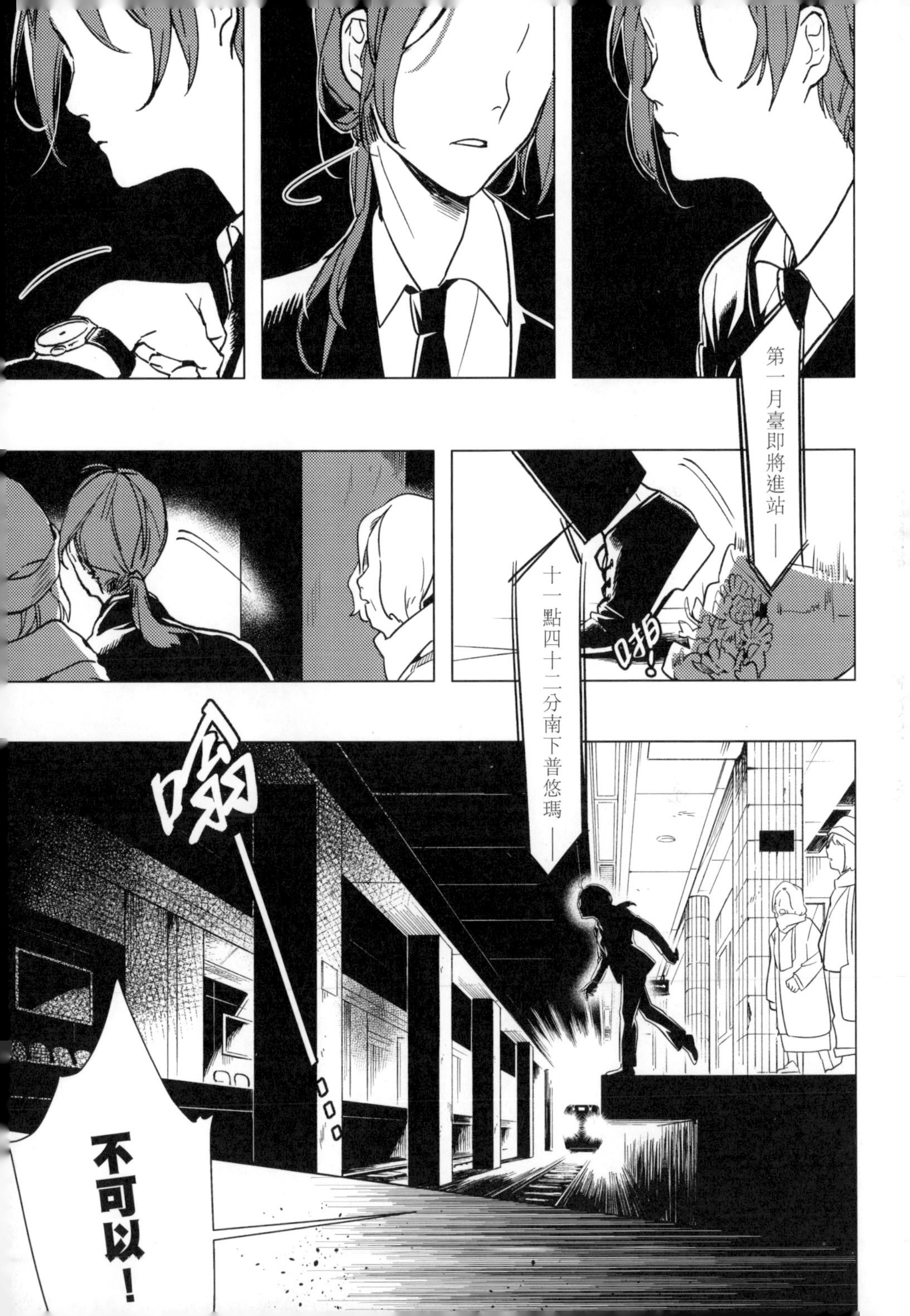
第一月臺即將進站——
啪！
十一點四十二分南下普悠瑪——
嗡
不可以！

砰！
妳想要她親自參加妳的葬禮嗎？
這——

妳到底有多自戀！
啊……
對不起……
原來妳也……
一直都在孤島上吧？

我卻差一點……
就沒有找到妳，
對不起……
對不起……

臉，流血了。
不錯嘛，英雄救美的勳章。
你早就知道了吧？
嗯～知道什麼？
你說的少女性命，其實指的是那個阿波吧？
在車站亂飄的時候看到的嘛，
你們穿得好像，嚇了我一跳。
我呢……一看到她臉上的表情，就知道她想幹什麼了。

你現在還變成自殺防治專家了？
我是過來人嘛。
哈！你跟那個阿波一樣，可憐自己不夠，還要去可憐別人！
蚌受傷的時候．不是會分泌黏液包覆傷口，
結出珍珠嗎？
有些慈愛就像那種珍珠一樣．是因為痛苦才能誕生的。
慈愛的人不會希望脆弱的朋友目睹她自殺，為她痛苦一輩子。
所以她也同時希望那女孩錯過啊。
自我矛盾！
絕望所以軟弱，軟弱所以矛盾，
但你絕不會可憐這種矛盾吧。
你說那是自戀。

我從來不知道你是這樣想的。
那你一定也覺得我很自戀吧？
我就死在你的面前啊。
不、
你是為了懲罰我，所以始終不肯殺我，讓我超生嗎？
不是的……
我只是……希望你能去一個更好的地方啊！
你心知肚明，沒有更好的地方，
你只是在滿足你自己。

你也一樣自戀。
原來你也……一直都在孤島上吧？

你怎麼來了？
呆站在門口幹麼？
你們在大掃除喔？
下週要過年了！
既然來了就來幫忙。
等等……
抵抗無效

國中英語單字
福爾摩斯探案全集
金甲蟲
愛倫．坡
福爾摩斯探案全集
摩斯探案全集
摩斯探案全集

海鱗子，好難得回廟裡啊。
……剛好經過。
哎呀！好懷念啊！
是你小時候搬進廟裡的行李。

放著也占空間，就丟掉了吧。
幹麼丟掉，很有紀念價值啊！
我們廟小歸小啊，也不缺這點空間給你留個位置。
倒是老二的東西該清一清，誰知道他又放什麼…
晚餐外送來了！

你呢？留下來一起吃吧？
師兄⋯
謝謝你們⋯⋯
謝謝南明派找到我。
？
沒事，

我們去吃飯吧。
過年來吃飯嗎？
嗯…再看看
——Dance on my grave 完——

情人節特別篇

愛情靈符

※最初刊登於《CCC創作集》數位平台．2022年2月

嘎——
真是太感謝您了！
快步離去
你這是在幹什麼？
賺點零用錢呀。
愛情符
但你沒學過寫符吧？
沒問題喔，我請師兄特別傳授！
我師父？他怎麼可能做這種事？
師兄很關心我嘛。

我……
我也到了該成家立業的年齡，
就是沒有人喜歡我……
！
別怕！師兄給你想辦法！
你這輩子有良心不安過嗎？
會回饋一點給廟裡啦。
這要怎麼用啊，真的有效嗎？
你！
啊……忘記問了。
喂……

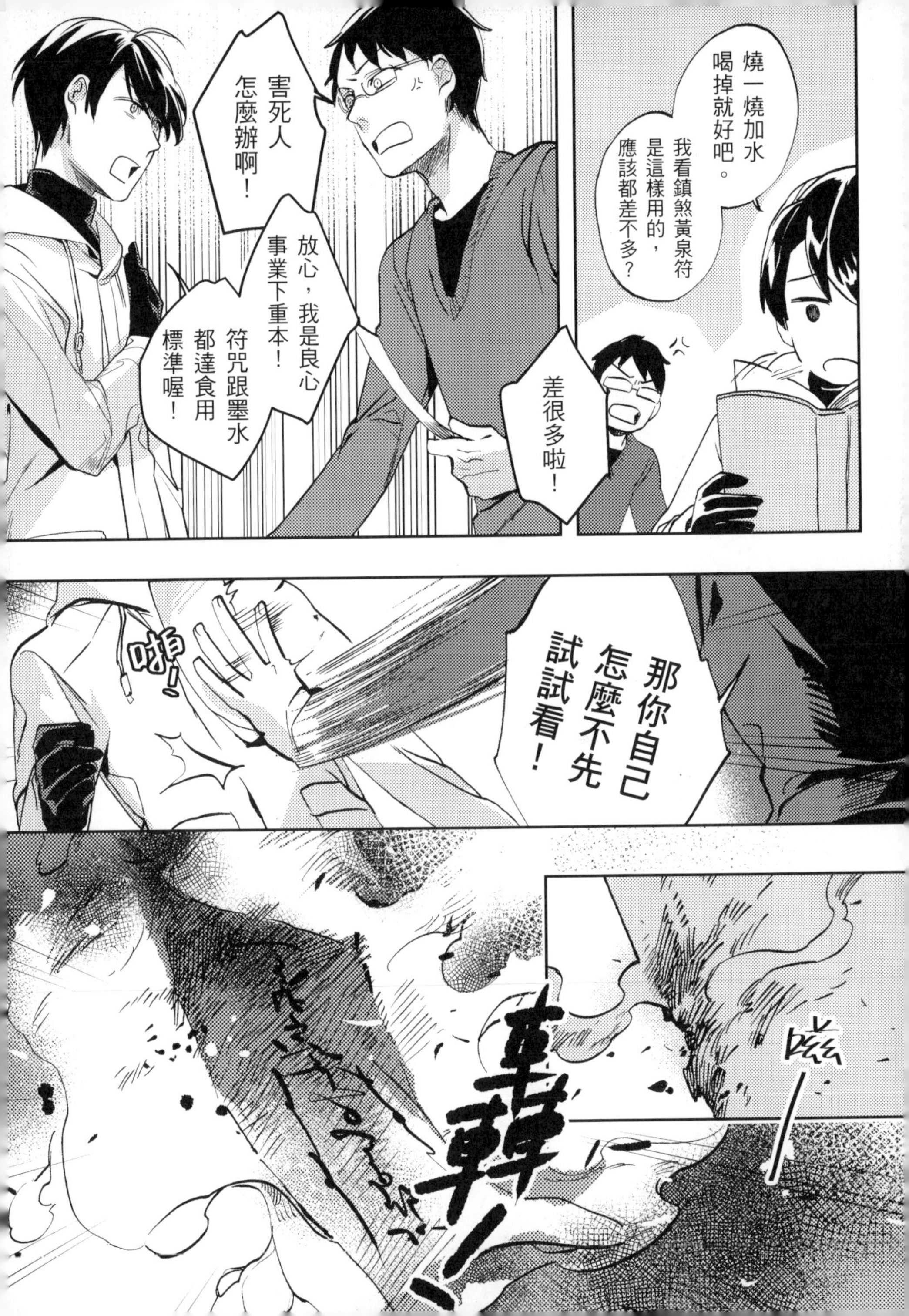
燒一燒加水喝掉就好吧。
我看鎮煞黃泉符是這樣用的，應該都差不多？
差很多啦！
害死人怎麼辦啊！
放心，我是良心事業下重本！
符咒跟墨水都達食用標準喔！
那你自己怎麼不先試試看！
啪！
嗞——
轟—！

嗯…我要
談戀愛的話，
愛
比起
愛情靈符，
可能更需要
鎮厲符吧！
——愛情靈符 完——

MONEY GUN

後記

漫畫家
鸚鵡洲

感謝看到這裡的你。來到第二集了！
這次在繪製製程與合作模式都做了些新的嘗試，
但每次繪製都還是覺得手忙腳亂的。
特別感謝創作這個故事與傾聽我許願、
加了一堆美少女角色的薛西斯老師，
以及ＣＣＣ與獨步的編輯們，
和在完成作品途中給予幫助支持的所有人，
還有協助完稿的助手們，我感激涕零。

編劇
薛西斯

故事的時間線是往前移動的！
海鱗子和東京小學生不同，一集比一集老。
寫第一集時其實完全抱著一冊完的心情。
（甚至不確定能否出單行本）
因此能讓海鱗子變老、說更多他的故事，
都要感謝各位讀者支持。
也感謝支援協助這部作品完成、刊登、發行的所有人，
當然更感謝我的夥伴，
最棒的漫畫家鸚鵡洲和獨步與ＣＣＣ編輯們！

NAZOMAN 23

不可知論偵探 ②

惡人正機篇（上）

作　　者／薛西斯（編劇）、鸚鵡洲（作畫）
漫畫助手／鼠尾草Chia、李晴

首　　發《CCC 創作集》
企畫編輯／ CCC 創作集編輯部
責任編輯／任容
製　　作／文化內容策進院

單行本製作
責任編輯／詹凱婷
行銷企劃／徐慧芬
行銷業務／陳紫晴

事業群總經理／謝至平
榮譽社長／詹宏志
發 行 人／何飛鵬
出 版 社／獨步文化
城邦文化事業股份有限公司
115 台北市南港區昆陽街16號4樓
電話：(02) 2500-7696　傳真：(02) 2500-1951
發　　行／英屬蓋曼群島商家庭傳媒股份有限公司
城邦分公司
115 台北市南港區昆陽街16號8樓
網　　址／www.cite.com.tw
讀者服務專線／ (02) 2500-7718；2500-7719
服務時間／週一至週五　09：30 ～ 12：00
13：30 ～ 17：00
24小時傳真服務／ (02) 2500-1900；2500-1991
讀者服務信箱E-mail／service@readingclub.com.tw
劃撥帳號／19863813
戶　　名／書虫股份有限公司
香港發行所／城邦（香港）出版集團有限公司
香港九龍土瓜灣土瓜灣道86號順聯工業大廈6樓A室
電話：(852) 2508-6231　傳真：(852) 2578-9337
馬新發行所／城邦（馬新）出版集團　Cite (M) Sdn Bhd
41, Jalan Radin Anum, Bandar Baru Sri Petaling,
57000 Kuala Lumpur, Malaysia.
Tel: (603) 90563833　Fax: (603) 90576622
email:services@cite.my

封面設計／高偉哲
排　　版／高偉哲
印　　刷／中原造像股份有限公司
□ 2023年3月初版
□ 2024年5月31日初版4刷
售價280元

 ISBN 9786267226292 (平裝)
9786267226407（特裝版EPUB）9786267226308 (EPUB)

特別致謝藝術家授權〈夢遊〉，何采柔 Joyce Ho、郭文泰